# 麥　田　人　文

王德威／主編

麥田出版

Edited by David D. W. Wang,
Professor of Chinese Literature, Harvard University.
Published by Rye Field Publications, a division of Cité Publishing Ltd.
11F., No. 213, Sec. 2, Sinyi Rd., Jhongjheng District, Taipei City 100, Taiwan.

麥田人文 96

# 晚清文學教室：從北大到台大

主　　講　陳平原（Ping-yuan Chen）
編　　訂　梅家玲（Chia-ling Mei）
主　　編　王德威（David Der-wei Wang）
責任編輯　胡金倫
發 行 人　涂玉雲
出　　版　麥田出版　城邦文化事業股份有限公司
台北市中正區信義路二段213號11樓
電話：(02)2351-7776　傳真：(02)2351-9179、2351-6320
發　　行　英屬蓋曼群島商家庭傳媒股份有限公司城邦分公司
台北市中山區民生東路二段141號2樓
電話：(02)2500-0888　傳真：(02)2500-1938
網址：www.cite.com.tw　E-mail：cs@cite.com.tw
郵撥帳號：19833503
戶名：英屬蓋曼群島商家庭傳媒股份有限公司城邦分公司
香港發行所　城邦（香港）出版集團有限公司
香港灣仔軒尼詩道235號3樓
電話：25086231　傳真：25789337
馬新發行所　城邦（馬新）出版集團有限公司
Cite(M) Sdn. Bhd. (458372 U)
11, Jalan 30D/146, Desa Tasik, Sungai Besi,
57000 Kuala Lumpur, Malaysia
電話：603-9056 3833　傳真：603-9056 2833
E-mail: citekl@cite.com.tw.
印　　刷　中原造像股份有限公司
初版一刷　2005年5月

售價／250元
ISBN : 986-7252-16-0

# 晚清文學教室

## 從北大到台大

陳平原◎主講　梅家玲◎編訂

Ping-yuan Chen　Chia-ling Mei

# Five Lectures on Late Qing Literature

## From Peking University to National Taiwan University

# 從北大到台大

## ——《晚清文學教室》序

陳平原

前年秋冬，我有幸在台灣大學中國文學系客座一學期。上任的第二天，系主任葉國良先生送了一冊剛剛印製完成的《國立台灣大學中國文學系系史稿（一九二九—二〇〇二）》，其中的「沿革」部分稱：一九四五年台灣光復，國民政府接收這所創辦於一九二九年的「台北帝國大學」，改名「國立台灣大學」，並將原文政學部分解為文學院與法學院；文學院下設中文、歷史、哲學三系，台大中國文學系於是得以正式成立：「唯當時百廢待興，乃由北大中文系教授、台灣省國語推行委員會主任委員魏建功先生代為邀聘教員，參與規畫。」細讀「年表」及「傳記」，發現台大中國文學系早年諸多名教授，大部分是北京大學的畢業生，如毛子水、董作賓、洪炎秋、戴君仁、臺靜農等，再加上畢業於燕京大學的鄭騫和畢業於清華大學的董同龢，難怪我到此講學，有「賓至如歸」的感覺（參見拙文〈作為著述家的許壽裳〉，《魯迅研究月刊》二〇〇四年三期）。

此前也曾多次來台參加各種學術會議，但大都來去匆匆，無法與當地學者——更不要說青年學生——深入交流。好不容易有了「下馬」觀花的機會，自是不敢輕易放過。台灣四月，除了良辰美景、風味小吃，以及友朋間的高談闊論，最讓我難以忘懷的，便是與諸多台大學生的「親密接觸」。

離開台北前兩天，在文學院大樓辦公室裡，接受了王蘭芬女士的專訪，於是有了那篇流傳頗廣的〈陳平原——台大學生沉潛，北大學生氣如虹〉（《民生報》，二〇〇三年一月二十日；《世界日報》等報刊轉載時，題目略有改動）。「二〇〇二年九月起在台大中文系開課，陳平原搬出拿手絕活，為大學部開了『晚清文學與文化』，研究所則開了『二十世紀中國文學專題』。吸引了台灣各大學中文系的許多學生，除了台大，還有政大、師大、清華、輔大、中央等學校的學生慕名而來。其中中央與清華的學生每次都必須從中壢和新竹坐車趕到台北上課。」這段話裡，除了「拿手絕活」四個字言過其實，其他的都還好。王女士希望談論北大與台大的異同，我不知好歹，信口說了一通，譬如：「北大學生的好處是氣勢如虹，很有精神，把才氣都寫在臉上，張揚，讀書刻苦；台大學生比較內向，溫和，講禮貌，讀書認真。」諸如此類的「比較」，自然是當不得真。在報紙（而非專業集刊）上討論兩所不同社會環境下成長起來的著名大學，其實是很危險的。吃力不討好不說，你的任何褒貶抑揚，都可能被視為「不公」（或「不恭」）。更何況，你隨口答問，人家任意剪裁，效果如何，天才知道。好在王女士曾在北大待過，所記大致不差。

這則專訪，引了我的一段表白：「我曾在許多國家開過課，這次是除了北大外，我上得最愉快的一次。」這倒是真心話，絕無拍馬溜鬚的意思。當過教師的人都知道，你的表演，受自家學識限制，也受學生情緒感染。課堂氛圍的營造，有賴於師生的共同努力，這才真的叫「一個巴掌拍不響」。台上台下，能呼應，有默契，這樣的課，講起來舒服，聽起來也暢快。長期在北大講課，養成對於聽眾的某種期待——包括點頭、嘩笑以及提問。這樣一來，出外講學，容易有失落感。台大的課堂，對我來說，因其不遠不近——太遠了沒反應，太近了不必調整——頗具挑戰性。一開始，雙方都有個適應的過程；但很快地，我和我的台大學生，能夠從對方的眼神裡讀出「弦外之音」。這點讓我很得意。

考慮到台大中國文學系的課程設置，沒有與「晚清文學與文化」相銜接的，作為教師，我的自由度很大，可以不顧及任何「規定動作」。因此，這門以大學二、三年級學生為主的選修課，被我講成了類似北大研究生的專題課。事先說好，這麼講，難度大，只供觀賞，不必追隨，能聽多少算多少。真沒想到，絕大部分學生都聽下來了，而且感覺良好。更讓我驚訝的是，幾位學生，竟然在梅家玲教授的授意下，為這門課做了錄音，事後又整理成文字稿。我知道自家講課的特點，學生們要把這些「泥沙俱下」的言詞整理成文，可不是一件輕鬆的事。不只整理，還要出書，這下更讓我羞愧不已。鄭板橋所說的「刪繁就簡」，對於教師來說，必不可少；能否「領異標新」，那可就難說了。

「晚清文學與文化」這門課，共十七講，每講三小時，其基本內容，大都依據我此前所撰各書，如《中國小說敘事模式的轉變》、《二十世紀中國小說史》第一卷、《小說史：理論與實踐》、《中華文化通志・散文小說志》、《中國現代學術之建立》、《文學史的形成與建構》、《中國大學十講》、《圖像晚清》等，還有若干未結集的單篇論文。單就理論深度及資料翔實而言，課堂實錄無論如何不及個人著述，但前者之「虛擬課堂」形式，使得其必定深入淺出，容易為一般讀者所接納。如此說來，此類書，若處理得好，即便無甚深意，也都別具一格。

本書所收五講，主題相對集中，而且與我在台出版各書有所趨避。至於故作搖曳，弄出「外一講」來，除了體現師生之間良好互動，更是表達我的心願——倘若此類「外一講」不斷出現，對於「好為人師」的我來說，豈非天下樂事？

二〇〇四年七月二十九日於京西圓明園

# 目次

# 晚清文學教室

## 從北大到台大

# 第一講

# 報刊研究的視野及策略

二〇〇二年九月二十五日

吳昌政／記錄

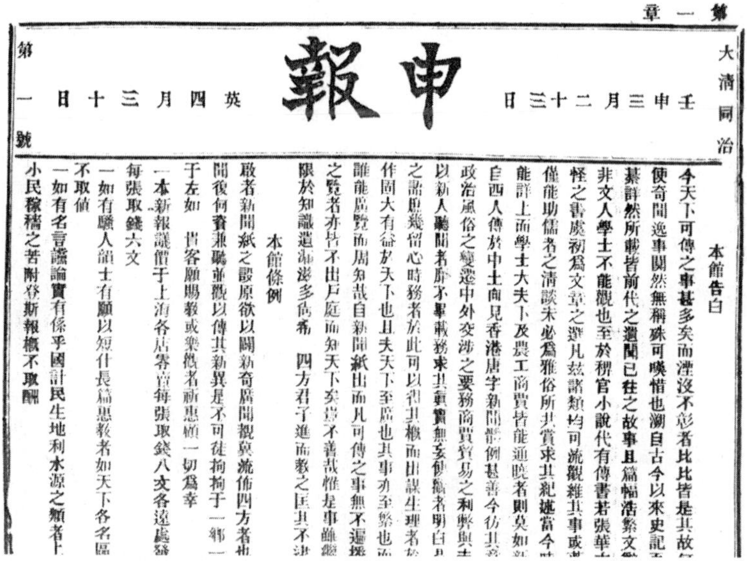
第一章

大清同治　壬申三月二十三日　申報　英四月三十日　第一號

本館告白

今天下可傳之事甚多矣而湮沒不彰者比比皆是其故
使奇聞逸事闃然無稱殊可嘆惜也溯自古今以來史記
綦詳然所載皆前代之遺聞已往之故事且篇幅浩繁文
非文人學士不能觀也至於稗官小說代有傳書若張華
怪之書虞初爲文章之選凡玆諸類均可流觀雖其事或
僅能助儒者之清談未必爲雅俗所共賞求其紀述當今
能詳上而學士大夫下及農工商賈皆能通曉者則莫如
自西人傳於中土向見香港唐字新聞體例甚善今仿其
政治風俗之變遷中外交涉之要務商賈貿易之利弊與
以新人聽聞者靡不畢載務求其真實無妄使觀者明白
之論庶幾留心時務者於此可以得其概而出謀生理者
作岡大有益於天下也且夫天下至廣也其事亦至繁也
誰能遍覽而周知哉自新聞紙出而凡可傳之事無不遍
之覽者亦皆不出戶庭而知天下矣豈不善哉惟是事雖
限於知識遺漏殊多尚希　四方君子進而教之匡其不逮

本館條例

啟者新聞紙之設原欲以闢新奇廣聞覩與流佈四方者也
聞復何資兼聽並觀以傳其新異是不可徒拘拘于一鄉一
于左如　貴客願賜教或樂備者祈惠頒一切爲幸
一本新報議價于上海各店零賣每張取錢八文各遠處發
每張取錢六文
一如有騷人韻士有願以短什長篇惠教者如天下各名區
不取値
一如有名言讜論實有係乎國計民生地利水源之類者上
小民稼穡之苦附登斯報概不取酬

考慮到在座的有本科生，也有研究生，為了給大家最基本的知識，我準備用一節課的時間，簡要講述晚清的歷史。先讓大家掌握幾條基本線索，以後再進入具體問題的討論，以免諸位茫無頭緒。

## 一、怎樣一個晚清

今天要講的第一個問題是：怎樣一個晚清。諸位上這門課前，估計都學過近代史。我給諸位開的參考書目裡邊，有郭廷以先生的《近代中國史綱》和《近代中國史事日誌》。郭先生原來是中央研究院近代史研究所的所長，他談「近代」，是從一八三〇年至一九五〇年，這一論述框架，與大陸方面很接近。大陸之研究中國近代史，是從一八四〇年至一九五〇年。區別在哪兒？在於郭先生強調中外交涉，而大陸學者則突出帝國主義的入侵。所以，一個是以一九四〇年的鴉片戰爭為標誌，一個則推到此前中英的貿易爭端。都承認鴉片戰爭的劃時代意義，只是相對而言，一注重政治與軍事，一強調政治與經濟。

另外一個用得比較多的概念，是「晚清」。作為歷史範疇，「晚清」和「近代中國」不一樣，前者只到一九一一年辛亥革命為止。至於「晚清」的起點，有各種說法，但學界大都認同一八四〇年。從台灣到美國的唐德剛先生，寫了《晚清七十年》，在台灣和大陸幾乎同時推出。對晚清史事有興趣的非專業讀者，這書值得推薦。這裡所說的「晚清」，接近大陸所說的「近代文學」；請大家注意，大陸史學界和文學界之談論「近代」，有很大差別。單就時間跨度而言，前者類似郭廷以，後者接近唐德剛。

今天就說「晚清」。對於「晚清」的描述，有各種不同的說法，最直截了當的是「多事之秋」，特別適合於拍電視連續劇，事件特多，且大都驚心動魄。第二個說法是「內憂外患」，國家內部天災人禍不斷，外部入侵更是導致不斷地簽約、賠款。還有一個說法，那是張之洞提出來的，「三千年未有之大變局」。三種說法略有差異：「多事之秋」帶文學色彩，「三千年未有之大變局」強調思想與文化，「內憂外患」注重的是政治與軍事。

為了讓諸位對晚清有大致的瞭解，這裡得略微囉嗦幾句：我們現在談論的晚清，大體上是道光、咸豐、同治、光緒、宣統這五朝。諸位看電視劇，不管是大陸的還是台灣的，清宮戲永遠是大家的最愛。為什麼？離我們很近，比較容易理解；傳奇色彩很濃，疑案特多，很適合作家馳騁想像。從民國初年的爭辯「順治出家」、「太后下嫁」，到今天諸位熟悉的紀曉嵐智鬥和珅。還有各種戲說雍正、乾隆的連續劇。打開電視，你儘管轉台，都是辮子。去年春節，北京街頭的小孩子，居然也戴起拖了條小辮子的帽子來，可見其影響。清宮清史之所以可以「戲說」，還有一點，沒有意識形態的限制，你愛怎麼說就怎麼說，反正沒人抓你的小辮子，說你顛覆了什麼什麼「真理」或道德信條。因此，說遠不近、說近不近的康熙、乾隆等，也就成了今天電視連續劇的最佳男主角。至於晚清乃「多事之秋」，重大歷史事件很多，鴉片戰爭、太平天國、火燒圓明園、同治中興、甲午海戰、百日維新、庚子事變、辛亥革命等，看得你眼花撩亂，驚心動魄，更是適合於拍電影及電視連續劇。

離開電影院，我們進入大學課堂。要在大約一個小時的時間裡，讓諸位對晚清七十年史事有大致的瞭解，不是很容易。先說道光二十年，也就是一八四〇年的故事。不論你在什麼地方念書，大陸、香港、台灣，或者美國、歐洲、日本，我想都會提到這至關重要的一八四〇年。談論這一年，必須同時關注林則徐的廣州禁煙，以及英國以軍艦作為後盾的貿易政策。英軍入侵，是為了政治、為了商務，不完全指向燒鴉片煙這件事。要不然，說成「林則徐燒鴉片煙，導致中英戰爭」，這說法不對。在當時，英軍沒有真正成功地進入廣州，而是轉而到定海，最後在南京進入長江口。一八四二年兵臨南京城，清朝被迫簽訂了近代中國史上第一個不平等條約——南京條約。諸位知道，南京條約有好幾項內容，一是賠款，再就是「五口通商」，還有承認先前在廣州簽訂的「穿鼻草約」，也就是割讓香港。

中西交涉的這條線，暫且放下來，轉而談論「內憂」。接受了一點基督教文化、同時又有很大創新的洪秀全，創立了「拜上帝會」，在廣西桂平的金田村舉事，創立了「太平天國」。這可是近代史上的大事，影響極為深遠。學界為這事，也吵了半個多世紀。我們先說這件事的大概：一八五一年廣西起義後，太平軍縱橫馳騁大半個中國，在一八五三年占領南京，並定都南京。此後，兵分兩路，一北伐，一西征；北伐失敗，西征同樣覆滅。但是，就在太平軍舉事的同時，北有捻軍，南有天地會，南北夾攻，清廷處境十分艱難。用「四面楚歌」來描述一八五〇年代清廷的狀態，一點不為過。太平軍打出的旗號，帶有濃厚的西方宗教色彩，這樣一來，有一批篤信儒家倫理道德的士大夫，不是為了清廷，而是為了中華文化，起而抗爭，這就是諸位都知道的曾國藩等人。不再是簡單的「改朝換代」，而是事關中國倫理、儒家文化的存亡，讀書人方才開始練兵。湘軍與太平軍打仗，彼此互有輸贏，但一八五六年的事變，使得太平軍從此走下坡路。不滿東王楊秀清專橫跋扈，韋昌輝、秦日綱聯合起來，把他殺了，同時殺了東王手下的兩萬士兵，還想追殺前來講理的石達開。天王洪秀全聯合其他力量，反過來誅殺了韋昌輝和秦日綱。經過這麼一番內訌，太平軍主要將領有的被殺，有的出逃，情勢於是發生大逆轉。

「內憂」這條線，還有很多後話，暫時擱下，回過頭來看看「外患」。傳教的限制放鬆了，可教案不斷出現，於是有了一八六〇年英法聯軍打到北京城這件大事。看過電影《火燒圓明園》的，對這事的來龍去脈，多少應該有些瞭解。不過，這裡有點蹊蹺，以前大陸的研究者不太願意說，可這不是什麼天大的祕密。英法聯軍火燒圓明園，這在當年的西方也都招人非議，今天更是成了中國人控訴帝國主義暴行的絕好教材。但事出有因，不能不說。英法聯軍為什麼放火燒園？當年他們打進北京前，曾派了個三十九人的使團和清廷談判，咸豐皇帝進退失據，他手下的那些大臣更是缺乏國際交往的經驗，把三十九人押進天牢不說，還殺了其中的好幾個。自古以來，不管東方西方，打仗時不斷來使。我們可好，不但把人家的使節囚禁起來，還乾脆殺掉。等英法聯軍打進北京，殺到囚禁來使的圓明園的天牢時，使節已經死了二十人。為報復清廷，英法聯軍先是大肆掠奪，後又放火把圓明園燒毀。

關於這件事，我想說三點：第一，英法聯軍殘暴；第二，清廷昏聵無能；第三，最後徹底毀了圓明園的，不僅是英法聯軍，還包括中國人自己。圓明園遺址公園，今天是北京的一處重要景觀，諸位有機會去遊學，一定得去看看。可請大家注意，現在的模樣，不是英法聯軍燒後的樣子，是很多中國人趁火打劫的結果。諸位要是到東北看張作霖的墓，那裡的石人石馬是圓明園的；到河南袁世凱的墓上看，那墓道兩邊的很多石刻也是圓明園的；當然，北大校園裡那對很漂亮的華表，也來自圓明園。也就是說，當年英法聯軍把園裡的珍寶搶了，把園子燒了，隨後的幾十年，中國官吏把地下能拿的東西都搬回家。這種歷史文化遺跡，看了讓人感慨萬端。現在的圓明園裡，真正的古建築很少。前些年勘察，發現一座小廟，還有三十幾間房子，那是清代的東西，因長期作為工廠的倉庫，堆放東西，所以保留下來了，目前正加緊修復。據說圓明園正準備申請世界文化遺產，可發現一個問題，只有遺址，地上的東西大都沒了。有人建議，把失散在全國各地的圓明園的東西全要回來，可這麼一來，得拆好多校園或陵墓，那可都是重點文物單位。看來只能這樣，用如此破爛不堪的遺址，警醒世人英法聯軍的殘暴與國人的愚昧。

好，前面說到，一八六〇年英法聯軍打進北京城，對於此前自認為「天朝上國」的中國人來說，是特別大的打擊。這部分先按下不表，我們回到太平軍。

在曾國藩的湘軍崛起之前，號稱精銳的八旗軍不堪一擊。太平軍內訌，湘軍特能打仗，再加上當時上海的洋人組成了洋槍隊幫助清廷，戰爭形勢急轉直下。曾國藩派遣部將安徽人李鴻章到上海去聯合洋槍隊，這件事對以後的政局影響很大。諸位知道，李鴻章是晚清政局的關鍵人物，他所率領的淮軍，以及曾國藩的湘軍，袁世凱的新軍，取代八旗兵，成為清末民初最為重要的軍事力量。太平軍直接促成了湘軍、淮軍的崛起，同時使得李鴻章到上海跟外國人打交道、辦洋務，這可都是晚清的重大轉折。一八六四年，南京城破，洪秀全自殺。此後，太平軍遺部繼續作戰，天地會、捻軍等仍在活動，一直到一八七七年，大局方才穩定。這場內戰，總共打了二十八年，有的是全國性的，有的是局部地區的，其中受損最嚴重的是中國最為富裕的江南一帶，戰事長的十年八年，短的也有三、四年。這場動亂，使得中國的經濟大倒退，人口減少，文化消沉，江南藏書多毀於戰火，國勢衰微，危若累卵。

關於太平軍的功過，歷史學界意見分歧很大。早先，晚清的革命派章太炎等人，為了反對清廷，對太平軍大加表揚。後來，共產黨掌握政權，「太平天國」更是作為中國歷史上最偉大的一次農民起義，備受稱頌。一直到一九八〇年代末、一九九〇年代初，大陸學界方才開始反省太平軍的負面作用。其中，哲學家馮友蘭在《中國哲學史新編》第六冊裡，稱近代中國的主流是振興工業，提倡科學和技術，走近代化之路，而洪秀全的宗教宣傳和太平天國的神權政治逆歷史潮流而行，把中國歷史拉向後退，不值得頌揚。請大家注意，幾十年來，中國人極力歌頌太平軍，到了世紀末，方才對太平天國的意識形態、宗教政策，以及對整個經濟環境的破壞，持嚴厲的批評態度。當然，這跟當下中國社會及思想的轉變大有關係，以經濟建設為中心，擴大國際交往，淡化意識形態，允許不同意見的爭論等。最近十年，中國學界談論太平軍，不再一邊倒，有人繼續表彰，有人嚴厲批評。

按下太平天國不表，回到清朝的內部事務。一八六一年，短命的咸豐皇帝死了，那拉氏和恭親王聯手，把大臣肅順等人殺了，這個故事，我相信看電視連續劇的人耳熟能詳。同治皇帝即位，開始了晚清比較光鮮的一段時期，史家稱為「同治中興」。所謂「同治中興」，關鍵在於洋務運動，造船，製砲，開礦山，修鐵路，架電線等。跟這些相配合的，我想也是諸位和我比較關心的，還有一八六二年京師同文館的建立。京師以及各地的同文館，起先只是學外文的，後來才增加物理、化學等學科。在京師同文館的發展過程中，美國傳教士丁韙良（W. A. P. Martin）起了很大作用；他也是後來京師大學堂的西學總教習，對這所大學的創立起了很大作用。同文館後來併入京師大學堂，而京師大學堂是北京大學的前身。

除了開礦、造船、辦學校，翻譯西書也是洋務運動最值得一提的功績。本來，「同治中興」給了很多中國人希望，以為中國的改革可以獲得成功；可一八九四年的甲午海戰，北洋水師全軍覆沒，使得清廷內部的自我改革遭到重大打擊。一八九五年在日本簽定的馬關條約，割讓台灣，賠款二萬萬兩銀子。割讓台灣的這段歷史，諸位肯定比我熟悉；至於賠款的二萬萬兩，到底是多大的數字？略為估算，大致相當於中國當時兩年國民收入的總和，或者說等於日本當時三年的國民收入總和。一邊賠了兩年，一邊賺了三年，此後，日本把這筆錢放在國家現代化的建設，而中國則因這筆賠款一蹶不振。在我看來，甲午海戰的結局，既使得日本得以迅速現代化，也堵死了中國在東亞崛起的可能性。因此，這不只是海軍的失敗，而是整個中國命運的大逆轉。我說晚清中國「內憂外患」，內有太平天國、捻軍、天地會，外則是一次次的簽約、賠款。而所有對中國的打擊最沉重的，很可能是日本的這一次。

到了這一步，不能不改，於是有了一八九八年的「百日維新」。清廷的這場自我革新，只推行了百日便以失敗告終。康有為、梁啓超亡命天涯，譚嗣同等六君子英勇就義。這其中有路線的鬥爭，也有利益的扞格。為什麼這麼說？百日維新期間，頒布了一系列法令，大大損傷了既得利益者，即便沒有袁世凱告密，照樣會有政變。當時很多主張改革的地方大員，對康有為孤注一擲的做法很不以為然。此前康有為沒做過官，沒有實際從政的經驗，只憑理念與激情，一天好幾道命令，弄得朝野上下怨聲載道。這是一個改革家，很有理想，也很果敢，希望在短時間內，藉助皇帝的力量重整山河，按照自己的理想治理國家。可這一沒有配套措施、觸犯很多人實際利益的改革，導致了舊派（后黨）重新聚結，在慈禧太后的幫助下，迅速將其鎮壓。

百日維新失敗，再加上庚子事變爆發，真是雪上加霜。義和團的起因等，可以暫且不論；慈禧太后慫恿其衝擊各國駐北京使館，甚至向世界各國宣戰，簡直是瘋了，說是「你們逼得我沒路走，那就跟你們拚了吧！」可宣戰之後，八旗兵根本不頂用，慈禧於是狼狽逃竄，跑到西安。在這過程中，封疆大吏李鴻章、劉坤一、張之洞等人，聯合提出「東南自保」，也就是說，他們保證江蘇、上海、湖北、廣東一帶外國人不被傷害，外國軍隊不必前來「保護」。中央政權對外作戰，地方實力派自保門戶，這種情形，清廷不亡才怪。

庚子事變的結局，除了賠款，慈禧太后也被迫採取了一系列改革策略，包括辦學堂等，好多是戊戌變法時想推行而沒有成功的。也就是說，經過庚子事變，清廷終於同意改革了，只不過這個代價太重大了，不只延誤時機，還死了這麼多人，把國家搞得破破爛爛的，這才又重新開始。這期間，有幾件事值得一說。第一是袁世凱練兵以及新軍的崛起，這跟辛亥革命以及日後的軍閥混戰有直接的聯繫；第二，張之洞辦教育，影響日後的思想文化走向；第三，張謇等人的辦實業，走出另外一條救國的道路。軍事、教育、實業，這三者都很有成績；而在各種改革中，走得最慢的是政治體制。同樣考慮政治制度的革新，也有從何入手的問題。這方面有兩個先覺者，嚴復與孫中山，思路也很不一樣。在倫敦會晤時，嚴復告訴孫中山，就中國目前的教育水平，搞革命不可能成功，還是得從教育入手，逐漸提升中國人的知識水準與道德素養，爾後才能建立起理想的政治制度。孫中山聽了，說很有道理，可人壽幾何？也就是說，遠水解不了近渴，等不及了，還是得採用激烈的手段，爭取畢其功於一役。英國式的改革走不通，只好取法國式的革命。

日後，孫中山的思想占了上風，以暴力革命建立新政權，成了國、共兩黨的共同思路。

最近幾年，反省中國這一百年走過的路，不少知識分子提出這樣的問題：暴力革命是否一定必須？政治改良是否一定不行？晚清的洋務運動、戊戌變法，以及嚴復等人所思考的教育／文化建國之路，是否一定走不通？反省歷史，很多人對此前太推崇革命很有意見，以為這導致了百年中國破壞多而建設少。我贊同反省激進主義思潮，但不看好清廷的自我改革。晚清的變革，是被形勢一步步逼出來的，當政者並沒這種襟懷與眼光。最後逼到了政治制度這一關，還是過不去。說是要走英國君主立憲的路，可一拖再拖，貽誤時機，最後促成了孫中山領導的暴力革命。現在假設清廷幡然悔過，國人咸與維新，走英國式的路，用最小代價完成社會轉型，實在是不瞭解當時的實際情境。

這節課的目的，是用最簡短的篇幅，給大家梳理一下晚清這段歷史。下面，我用幾句話來概括，讓大家明白，這七十年中有哪些東西值得特別注意。第一是中外交涉，包括侵略與反侵略，還有教案等；第二是內亂，內亂裡頭，請大家注意，除一般王朝都有的君民矛盾外，還有清代特有的滿漢矛盾；第三是洋務，洋務包括軍事（如水師）、工業（如江南製造局），以及日用民生（如電報、鐵路）等；第四是傳教與興學，晚清的傳教士不僅從事宗教及政治活動，同時也編報刊、辦學堂，「興學」固然與洋務有關，更牽涉晚清的文化傳播與啓蒙思潮。談論晚清的政治、思想、文化層面的變革，必須考慮清政府的自強運動，維新派的改良思潮，以及激進知識分子的鼓吹革命，這三種力量都在推動社會往前發展。至於以前中國學界之拚命突出太平天國，以及義和團的正面價值，現在看來，大有問題。因此，我更願意強調自強運動、改良思潮和革命宣傳這三者對晚清七十年的影響。

## 二、報刊研究的意義

上一堂課，我約略談了晚清七十年風雲，內憂外患、洋務運動、傳教士、興學堂等，這些概述，乃一般知識背景；從這節課開始，逐漸轉入我自己的研究視角。

討論晚清，從政治史、經濟史、文明史、宗教史、交通史等各種不同角度切入，其採用的方法和努力的方向，會有很大的區別。我這門課主要關注晚清文學和文化，會有什麼樣的研究方法，會鎖定什麼樣的特定對象，必須有所交代。先說學界已有的研究思路，大略說來，不外以下四種。

第一，談文學與文化，晚清中國，最突出的潮流，當然是借鑑西方文化。這就是諸位很可能十分熟悉的論述思路，從譚嗣同等人的撰寫「新體詩」說起，關注黃遵憲、梁啓超等如何在詩文中描摹、歌詠新事物，譬如電報、輪船、議院、國會等。再進一步，將西洋器物與「歐西文思」結合，於是有了「新文學」。從「歐西文思」如何進入中國並影響中國文學的走向這一角度，解讀晚清文化與文學，這一思路，從一九二〇年代就已形成。

第二，從一九三〇年代開始，由於馬克思主義及其唯物史觀的傳播，很多文學史家開始關注小說、詩歌、戲劇中所體現出來的社會生活的變遷。從這個角度進入中國文學研究的，不妨以阿英的《晚清小說史》為代表。此書自一九三〇年代以後不斷修訂重版，影響很大。藉小說、歌謠、傳說及戲劇等，勾勒並詮釋晚清七十年的風雲激盪，這思路到現在還有生命力。

第三，從一九五〇年代到一九八〇年代，由於特定的意識形態需要，大陸特別強調文學作品「反帝」、「反封建」的意義，於是關注太平天國的文書、義和團的歌謠，或者捻軍的故事等，姑且稱之為被壓迫民眾的文學想像。這一研究思路，面臨很大的危機，還不是「政治正確」與否的問題，而是太平軍、義和團等就那幾首歌謠，只能轉而搜集乃至創作「民間故事」。

第四個研究的方向，我稱之為「現代化想像」。所謂「現代化想像」，即認定晚清社會發展的主要動力是向西方學習，從早年的洋務運動，到後來的提倡思想啓蒙，不管是器物還是精神，都是在中西文化的交流、碰撞中發展壯大的。這裡包括真假的「現代化」與真假的「文明」，李伯元小說《文明小史》以及《官場現形記》等，對此有很生動的表現。這兩本書，一般人喜歡後者，但就對晚清社會的表現，以及「現代化想像」來說，《文明小史》更適合作為研究的樣本。談論「現代化想像」，當然必須特別關注西洋文學進入中國。一八九八年林紓譯述的《巴黎茶花女遺事》（*La Dame aux camélias*）出版，開啓了一個新的文學時代。所謂「可憐一卷《茶花女》，斷盡支那蕩子腸」，不只是茶花女的悲苦命運，讓中國人傾心的還有小說的表現手法。不過，有一點必須提醒諸位注意，早年介紹進來的西洋小說，大都是人家那邊的通俗小說。通俗小說變了一個環境，成為士大夫的案頭讀物，乃至影響了中國文學進程，這時候，「俗」也就變成「雅」了。我在《二十世紀中國小說史》第一卷裡，曾專門討論這個問題。

這四種思路，都有其合理性，也都取得了很多研究成果；但是，假如希望找到一個兼及物質與精神、文化與文學、內容與形式的研究方向，我會特別推薦「報刊研究」。在我看來，近代報刊的出現，是整個晚清文學與文化變革的重要基石。可以這麼說，報章作為一種傳播媒介，既是物質的，也是精神的。媒介並不透明，本身就帶有資訊，這點，讀現代傳播學的，大概都能理解。這一點，很像一九八〇年代的談論「有意味的形式」，即承認所謂的「文學形式」選擇，本身便隱含著某種審美趣味，或者說「形式化的內容」。這一思路，當初被譏為空洞花俏的「形式主義」，現在已被廣泛接受。稍微認真觀察，我們便很容易注意到，從明清版刻到近代報章，這一轉折，不僅僅是技術問題，還牽涉到傳播形式、寫作技能、接受者的心態、寫作者的趣味等，實在是關係重大。文人著述，不再是「藏之名山，傳之後世」，也不再追求「十年磨一劍」，而是「朝甫脫稿，夕即排印，十日之內，遍天下矣」。這種文學生產及傳播方式的巨大改變，讓當時中國的讀書人，既興奮，也惶惑。我在《中國小說敘事模式的轉變》，以及《二十世紀中國小說史》第一卷等書裡，再三談論過這個問題，下面我還會提及。只是在正式討論之前，我先引述三段話。

第一段，摘自一九〇一年《清議報》第一百期上〈中國各報存佚表〉，那是晚清很有預見性的名言，只可惜無法考證作者。這段話在我看來，很有象徵意味：「自報章興，吾國之文體，為之一變。」近代的報紙、雜誌出來以後，中國人的生活方式，以及文章體式全都發生了根本性的變化。第二段，黃遵憲看了章太炎發表在《清議報》上的文章後，說了一句話：「此文集之文，非報章之文」（〈致汪康年書〉）。報章自有其獨特的文體，不同於此前的專門著述，這一點，今天看得很清楚，當初可是不太明白的。在黃遵憲看來，章太炎文章太古雅，一般人讀不懂，那不是報館文章的正格。第三段，梁啓超讀了嚴復譯述的《原富》後，寫文章推介，說這書譯得很好，只是文章太務淵雅，刻意模仿先秦文體，一般讀書人看不懂（〈紹介新著・〈原富〉〉）。嚴復回信說：我是為有文化、有教養的人寫作的，不想遷就市井鄉僻不學之徒，我們應該努力凸顯「中國文之美」，而不是隨波逐流，寫鄙俗的報館文字（〈與《新民叢報》論所譯《原富》書〉）。

這三段文字，都說明一個問題：報紙雜誌出來以後，當時中國的讀書人，都明確意識到，我們的文章在變。至於是變好還是變壞，取決於各自不同的文學趣味。這裡所說的「文體」，應該涵蓋詩歌、文章、小說、戲劇等。傳播方式不同，資訊也隨著變形；同樣，文學發表途徑變了，其風格也不能不有所轉移。

整個二十世紀，絕大部分的文學作品都是在報紙、雜誌上發表，然後才結集出版的。一個人從沒有發表過詩，突然出了本詩集，這種情況有，但不多，這是第一。第二，所有的作家，多多少少總跟報紙、雜誌有關係，好多作家就介入了報刊的編輯業務。第三，報紙、雜誌往往成為推動學術潮流和文學潮流的重要力量，用今天的話說，就是報刊適合於「造勢」。文學要革新，學術要進步，需要集合一些同道、提出一些口號，以推進文學及學術事業的發展，這時候，個人著述的影響力，遠不及報紙、雜誌來得大。第四，報紙、雜誌成為集結隊伍、組織社團以交流思想的主要陣地。假如諸位讀唐詩、宋詞，你就會發現，詩酒唱和是一種很重要的手段；晚清以降的文學，則主要以報刊為中心來展開。譬如，新文化運動後，北京的讀書人喜歡在中山公園裡的來今雨軒聚會，報刊編輯也喜歡藉此組稿。思想傳播、人際交往、社團組織，還有各種文學情報的交換等，全聯繫在一起。所以，假如要談晚清以降中國文學或文化的發展，一項重要的推動力量，就是報紙雜誌。

這麼一來，很容易推導出一個結論：研究古代中國文學，可以文集為中心；研究晚清以降的中國文學，則必須把報章的崛起考慮在內。你研究杜甫，可以主要依據仇兆鼇的《杜詩詳注》等個人專集；可你研究魯迅，死抱住一部《魯迅全集》遠遠不夠，除了細讀本文，你必須考慮他每篇文章的生產與傳播。在我看來，這是古代文學研究與現代文學研究的最大差異。

我曾經說過，最近十年，假如研究中國文學，最具挑戰性、也最有發展潛力的領域，一是先秦，一是晚清。為什麼？因為出土文獻及各種考古新資料，使得我們對先秦的歷史、思想、文學的看法，發生了很多變化。至於晚清，則是目前正逐漸成形的報刊研究熱，使我們得以將文學作品置於新的生存空間，展示其不同於古代文集的性格。

記得史家陳寅恪在給陳垣的《敦煌劫餘錄》寫序時，提及一個時代有一個時代的新問題，一個時代有一個時代的新材料，用這些「新材料」研究「新問題」，方才構成「時代學術之新潮流」。對新資料、新方法、新問題沒有興趣，或者說一點感覺都沒有，只能說是「未入流」。這麼說的話，最能體現「預流」的，應該是像陳寅恪表彰的王國維那樣，將地下文物與地上資料相印證。可以說，考古學是這一百年來中國人文研究領域裡成績最大的，它徹底改變了我們對於整個中國上古史的想像。而且，你不知道地下還有多少隨時準備出土的好東西！所以，考古學成果日新月異，做古代中國史的，無不眼睛睜得大大，生怕錯過了重要的史料。

可話說回來，你如果研究的是宋元以降的文史，考古資料的重要性相對小得多。你肯定會問我，研究晚清，新資料在哪裡？我很喜歡晚清文人孫寶瑄的一句話：「以舊眼讀新書，新書皆舊；以新眼讀舊書，舊書皆新。」出土文獻當然是「新資料」，但此前不被學界關注、由於眼光變化而進入視野的，同樣是「新資料」。換句話說，你能讀出新意，死東西也能變活。像舊報紙、舊雜誌，早就存在於各國的圖書館、檔案館和博物館，就看你會不會用。在我看來，晚清以降的文史研究，不能唯讀作家或學者的文集，必須同時關注報刊、檔案等，這樣才能擴大視野，以「新資料」研究「新問題」。

## 三、文學史家的報刊研究

接下來，我想討論「文學史家的報刊研究」。一百年前，梁啓超在《飲冰室自由書》中，曾將「報章」列為「傳播文明三利器」之一。另外兩個傳播文明的最有效途徑，一是學堂，一是演說。這個說法，今天看來，很有預見性。二十世紀中國的社會生活、文化形態等，之所以不同於往昔，很大程度在於報章、廣播、電視，以及互聯網等大眾傳媒的迅速崛起。從一八七二年《申報》創刊，發行量不到千份，到今天衛星電視覆蓋全世界，大眾傳媒的影響越來越大。說「媒體帝國操縱人類生活」，有點像寓言；然而可以確定：現代人的生活方式、情感體驗、思維及表達能力等，都跟大眾傳媒發生了很大的瓜葛。

大眾傳媒在建構國民意識、製造時尚、影響思想潮流的同時，也在建造我們的「現代文學」。可以這麼說，現代文學之所以不同於古典文學，有思想意識、審美趣味、語言工具等方面的差異，但歸根到底，現代文學與大眾傳媒的結盟，很可能是最重要的因素。對於作家來說，與大眾傳媒結盟，不僅是獲得發表園地，更深入影響其思維與表達方式。如果是業餘寫作，說純粹依照自己的趣味，不受外界的影響，那還有可能；而一旦成為職業作家，不可能只為自己寫作，潛意識中會有讀者的影子，還會考慮到發表園地。同一件事，你怎麼寫，是用書信、遊記、長篇小說、新聞報導，還是抒情詩，這種文體選擇，已經摻入了生產及傳播的因素。在這個意義上，理解大眾傳播，不只是新聞學家的任務，思想史家、文學史家也都必須認真面對。當然，把「大眾傳媒」與「現代文學」聯結起來，做綜合性研究，目前還處於嘗試階段，在我看來，「報章和文學」，甚至「廣播和詩歌」、「電視與小說」等，都涉及以下問題：紀實和虛構、圖像和文字、思想和文學、運動和操作、潮流和個性、生產和接受等。這一系列問題，不管理論還是實踐，都有待進一步探究。

假如同意上面的說法，那麼，研究現代文學，必須將其生產機制與傳播方式考慮在內。當然，具體操作起來，會有不少困難。譬如，同樣是大眾傳媒，文字的和圖像的，平面媒體和電視媒體等，會有很大的差別。即便只說報章中的文學，登在報紙和登在雜誌上，很可能不一樣；文學雜誌與綜合雜誌、文藝副刊和專題週刊，也都有不小的區別。諸位如果有興趣，不妨關注《中國時報》的「人間副刊」，那上面刊登的文章，與《中外文學》上發表的，到底有沒有區別。不只關注文學和大眾傳媒的關係，進而考察身邊的報紙、文學雜誌乃至漫畫週刊，如何影響國人的日常生活。還有，看看報紙上的廣告，什麼占主導，是化妝品、保健品、徵婚廣告，還是藝文圖書？譬如說，十幾年前我第一次到日本，看《朝日新聞》第一版的廣告全都是人文、社科方面的專業圖書，很感動。那時候在大陸，第一版登廣告，那是不可想像的。現在有了，第一版廣告不少，但不會是學術書籍。大報的廣告，其實很能代表一時代民眾的生活及文化趣味，這比第一版慷慨激昂的社論還精采，還準確。

之所以談這個問題，那是因為這些年來，我所在的北京大學，不少學者有志於此。其實不只是北大學者，好些受邀到北大講學的外國學者，也喜歡談這個問題。我去年邀請了三個外國學者，一個講《申報》，一個講《新青年》，一個講《現代》，沒有事先安排，是不約而同的，都來談報刊。還有，去年上半年在德國、下半年在北大，開了兩個學術會，一談「大眾傳媒如何贊助新文化」，一講「大眾傳媒與現代文學」。作為文學史家，將大眾傳媒納入考察的視野，對於北大人來說，並非始於今日。可以說，這跟北大建立「現代文學專業」的背景有關。最早在北大教現代文學課程的王瑤先生，他原先做中古文學研究，一九五〇年代初轉而治現代文學，並以《中國新文學史稿》一書奠定了這一學科的根基。大概是跟他從古典文學研究起家有關，王先生特別強調書籍版本，以及原始資料的積累。他培養研究生，有一個基本要求，必須翻閱舊報刊。我們有一門必修課，叫「現代文學史料學」，主要是培養研究生對於舊報刊的感覺。你可以不做專門研究，但你必須對現代文學的這一生產環境有所瞭解。你大概會說，念文學的，下這個笨工夫，有必要嗎？我說「有」。

不是因為北大舊報刊收藏多，就故意這麼做，作為文學史家，你必須意識到：第一，很多作家在作品結集成書時，對原作加以刪改，以後又隨著意識形態的變化而不斷修整自家的著述。你唯讀文集，很容易上當。最典型的例子是郭沫若的詩集，以往的文學史家常常根據《女神》來論證郭沫若五四時期的文學及政治思想，殊不知郭先生與時俱進，不斷修正自己的面貌。作家有權不斷完善自己的著作，但對於文學史家來說，瞭解作品的初刊與修訂，免得上當受騙，是很必要的。而對於所有作品來說，最初發表在報刊上的樣子，是最值得關注的。

第二，為什麼研究報刊，因為所有的作品都是在互動的網絡中生成的，所有的作家都不是從天而降，而是在與前代或同代的作家對話中創作。在朋友中、在圈子裡、在報章上，作家醞釀思路並最終完成著述。作品在網絡中生成，也只有回到特定的網絡中，你才能真正理解他。一旦抽離特定的語境，作為單獨的文本，不太好準確把握。舉個例子，我到這兒來，讀《中國時報》「人間副刊」上的文章，沒頭沒尾，不知道他／她為什麼這麼說話。瞭解其前後左右，我才明白人家是「話中有話」，平淡的表達裡，包含不少生機、玄機與殺機。單獨讀一篇文章，不覺得好玩兒；放到那個網絡裡，方才知道大有深意。對於文學史家來說，翻閱舊報刊，讓你瞭解文學的「原生態」，知道人家為什麼採取這種發言姿態，對話者是誰，有什麼壓在紙背的話。在觸摸歷史的同時，獲得那個時代讀者才有的共同感覺，這樣來談論作家與作品，比唯讀重印本、改編本、全集本，要直接、生動、豐富得多。

文學史家為什麼要關注研究報刊，剛才說了，第一，有感於現代作家不斷根據時勢的變遷修改自己的作品；第二，讀報刊能讓我們對那個時代的文化氛圍有更為直接的瞭解。現在說說第三點，讀報刊時，經常可以發現新的資料，讓我們對舊說提出質疑，對歷史有新的解釋。前兩天有位同學告訴我，她讀北大中文系教授的著作，發現我們對史料的使用特別講究，不太欣賞借題發揮，而是強調新資料的掌握與詮釋。我說，這跟我們的學術趣味有關，不滿足於討論具體的作家作品，更多著眼於文學現象、思潮、流派等，這就注定了其不能限於作家文集，必須有比較廣泛的閱讀與搜羅。

但一九九〇年代以後，學者們關注報刊研究，其實還有別的文化因素。首先是德國思想家哈伯瑪斯（Jürgen Habermas）的影響，他的「公共空間」（public sphere）理論，經由美國漢學家的發揮與轉化，特別關注晚清的申報館等出版機構對於中國現代思想文化史的意義。接下來是法國社會學家布赫迪厄（Pierre Bourdieu）提出的「文學場」（literary field），這一概念也被傳入中國。前者的《公共領域的結構轉型》（*Strukturwandel der Öffentlichkeit: Untersuchungen zu einer Kategorie der bürgerlichen Gesells*），以及後者的《藝術的法則：文學場的生成和結構》（*Les règles de l'art: genèse et structure du champ littéraire*），這兩本書，加上一九八〇年代就有廣泛譯介的文學社會學，使得近幾年大陸的不少學者，對晚清以降大眾傳媒的出現，尤其是如何改變了傳統中國的思想文化地圖，很感興趣。只是在理論預設上，大家對哈伯瑪斯的說法不無疑慮。

畢竟，十八世紀歐洲中產階級的生活習慣，與晚清上海的平民百姓相去甚遠，而「公共空間」催生的公民意識與民主訴求，在晚清上海也沒有真正落實。相對來說，大陸的文學史家之借道報刊，更多關注文學及歷史的原生狀態，對「公共空間」及「文學場」理論的是非，較少牽涉。用我們系錢理群教授的話來說，每回埋頭於舊報刊的灰塵裡，就彷彿步入了當年的情境之中，常常為此而興奮不已。舊報刊裡灰塵多，當你兩手黑黑，鼻孔也黑黑的，從圖書館走回家，也許兩眼放光，也許一無所獲。但不管怎麼說，曾經認真拂拭過歷史塵埃的人，他們討論起歷史來，那種凝重的感覺，那種親切的神態，還是唯讀文集的人所不能想像的。這或許就是剛才所說的，北大學者談論文學，比較有歷史感的緣故吧。這種學術路數，不見得每個人都欣賞，我只是略為解說，供各位參考。

假如我們承認報刊研究對文學史家有意義，那麼接下來的問題就是，怎麼樣從事這種研究。

## 四、報刊研究的策略

最近二十年，中國大陸的現當代文學研究，其重心不斷移動；這移動的大趨勢，很值得關注。一九八〇年代初期，以作家論為主；一九八〇年代中後期，由作家轉向作品。為什麼會有這個變化？因為在此之前，很多作家被「打倒」，文化大革命中，只剩下魯迅走在「金光大道」上。《金光大道》是北京作家浩然寫的一部長篇小說，符合江青等人的口味，文革中很紅。除了魯迅，其他現代作家都倒了大楣，幾乎沒一個好人。這種很不正常的狀態，隨著思想解放運動的展開，必然被迅速糾正。一九八〇年代初，現代文學研究很火紅，那是跟整個國家的政治形勢聯繫在一起的。此前被抹黑、被抹煞的現代作家，「忽如一夜春風來，千樹萬樹梨花開」，全冒出來了，而且得到越來越多的肯定。當然，這一為冤屈的作家「平反昭雪」的過程中，也有爭議，但總的來說，進展很順利。對於作家來說，成敗的關鍵，還是作品，過了激動人心的平反期，該走向具體著作的文本分析。這個時候，「新批評」進來了，「形式主義批評」進來了，敘事學等西方文學理論陸續被介紹到中國來，整個研究由作家轉向作品，尤其關注作品的美學價值、形式感等。包括敝人的《中國小說敘事模式的轉變》，你一聽書名，就知道其視角及重點所在。

一九八〇年代中期起，還有一種思路，就是不滿足於個案研究，追求綜合把握，那時叫「宏觀研究」，即用大歷史的眼光來看待整個社會及文學的變遷。落實在現代文學研究中，就是注重社團、流派的研究，譬如說文學研究會呀、創造社呀，或者現代主義、新感覺派等，都是重點關注對象。這一思路，一直延續到一九九〇年代初期，好多博士論文題目，就叫〈存在主義與中國現代文學〉、〈現代主義與中國現代文學〉、〈浪漫主義與中國現代文學〉等。到了一九九〇年代中後期，大家發現，講那麼多流派，實在有點生硬。整天討論這個作家屬於這個派還是那個派，這個流派到底從哪年開始形成，到哪年結束，諸如此類的話題，很容易割裂了作家作品，忙於貼標籤而忽略了作品的美學內涵。

於是，學界開始轉向「文學現象」。從一九八〇年代初開始，王瑤先生就極力推崇魯迅的以文學現象為中心展開論述的思路；但一直到一九九〇年代中後期，隨著文化研究以及傳媒研究的逐漸升溫，這一思路方才得以普及。在這過程中，報刊研究逐漸得到文學史家的重視。

在某種意義上，文學現象研究與報刊研究，二者互為表裡。為什麼研究報刊？為什麼注重文學現象？這跟以下幾個假設有關：首先，關於研究對象的「大」和「小」，作家太小，流派太大，而文學現象居於中間，而且是文學的原生狀態，適合於把握。其次，以前只談作品本文，或者純粹的形式問題，後來轉而討論社會與作品的關係，相對地忽略了文學的審美特性，這樣互相割裂的「內部研究」和「外部研究」，都有問題。用文學現象、報刊研究等，把這兩者串起來，藉此溝通文學的「內」和「外」。第三，傳統的研究強調「功力」，注重原始材料的搜集與整理；新潮的研究注重「理論」，先有「後現代」或「女性主義」的預設，然後再來找研究對象。如果從文學對象或報刊研究入手，可以兼及二者之長。也就是說，面對學界「大與小」、「宏觀與微觀」、「內與外」、「文化與文學」、「傳統與新潮」、「功力與理論」等糾纏不清的論爭，文學現象與報刊研究作為一個比較恰當的園地，讓大家進來，自由發揮。你會發現，從事文學現象或報刊研究的，有特別時髦的，也有特別古板的，各盡所能，各取所需，而且相安無事。

比起單純的作家作品研究，從事文學現象或報刊研究的，需要較強的理論眼光和綜合把握能力。以前你做作品研究，譬如研究《紅樓夢》，我把小說讀得滾瓜爛熟，再把曹雪芹的家世帶進來，揮舞我掌握的理論武器，很容易就可以衝鋒陷陣了。現在可好，面對龐大而且漫無邊際的對象，或者說「文學場」，你該如何入手？以報刊研究為例，學生說，讀的時候很開心，研究起來很頭疼。你會不斷發現一些很有價值的線索，譬如幾則好玩的消息，或者有趣的廣告，還有此前大家都沒注意的作品，你會很高興。可除了史料鉤沉，更重要的是，如何將你的「發現」納入整個論述框架。你找了很多東西，可這麼多東西又能說明什麼？大學者或許能點鐵成金，至於剛入門的研究生，則很可能一頭霧水，陷進一大堆有趣的史料而無法自拔。這個時候你會發現，對於學生來說，眼光、學力與理論修養的協調，不是很容易。這是我們碰到的最大問題。

至於具體操作，將報刊研究與文學研究相結合，有兩種不同的辦法，一是以報刊為研究對象，一是以報刊為資料庫。以文學報刊或包含文學專欄的綜合性報刊為研究對象，譬如研究梁啓超創辦於一九〇二年的《新小說》、五四前後大放光芒的陳獨秀主持的《新青年》，或者一九三〇年代施蟄存主編的大型文學期刊《現代》，看似很平常（因範圍確定，作品量不大），其實不太好把握。除非你只談創辦人或主要作家作品，否則，涉及的人物很多，而所有的人物又都不僅僅出現在這個報刊，你憑什麼談這個不談那個。這需要定見，需要理論設計，更需要整體把握能力。後者相對容易，以報刊為資料庫，你可以做文體研究、文人集團研究、都市文化研究、文學潮流研究等。當然，報刊作為作家文集之外最為重要的資料庫，進入其中，必須有明確的理論預設與自我選擇能力，否則，很容易撿了芝麻丟了西瓜，或者面對寶山無所適從。你想找什麼，你找到了什麼，你如何有效地使用你找到的新資料，其實受制於、也反過來影響你對作家文集的理解。換句話說，對於研究者來說，保持報刊與文集之間的持續對話，是發現問題並解決問題的關鍵所在。

這種研究，做得好，可以給人耳目一新的感覺。我不敢說這是最好的研究思路，我只是強調，研究晚清以降的文學，一定要發展出不同於古代文學研究的方法與思路。假如還照研究杜甫、白居易那樣，不考慮現代報刊及出版等新的文化因素，抹煞「報館之文」與「文集之文」的巨大差別，那很難有大的突破。報刊研究不只給你提供了回到歷史現場、理解一個時代文化氛圍的絕好機會，同時也讓你馳騁想像，重構那個時代的「文學場」。這是古代文學研究所不具備的，故應該珍惜。

做六朝研究的、或者做唐宋研究的，經常會說，研究者必須「竭澤而漁」。也就是說，研究一個問題，必須把所有相關資料全都看完，就好像把水弄乾，將所有的魚一條不落地抓起來。這句話，可以作為志向表述，但作為硬指標則很難。因為，研究宋以前的歷史或文學，大致可以做到這一點；研究明以降的，幾乎做不到。如果你研究的是晚清文化與文學，希望將所有資料看完再發言，很可能一輩子都開不了口。因為讀不完，直接資料、相關資料、背景資料，真的是汗牛充棟。研究者必須有較強的駕馭資料的能力，還得有明確的問題意識，用我剛才的話，就是「你想找什麼？」如果沒有明確的問題意識，你會迷失在茫茫大海裡。可以這麼說，報刊給我們提供了巨大的資料庫，同時也提出了很大的挑戰。做這個活，需要敏感、意志、體力、問題意識，以及宏觀把握的能力。否則，你進不去。

譚嗣同於一八九七年在《時務報》上發表〈報章文體說〉，稱「報章總宇宙之文」，也就是說，天下文章三類十體，而唯有報章無所不包。這說法很形象，也很精到，值得我們深思。報章之文與文集之文不一樣，不只是單篇，更包括總體結構。讀古人文集或合集，你會發現「五古」、「七律」、「碑記」、「書札」等，是分開排列的，而你讀報章，各種文體紛至沓來，毫無規律可言。同一張報紙或同一本雜誌、甚至同一個版面上，很可能並置七、八種文體，這對閱讀造成很大的衝擊。各種各樣的文體，同時並存於報章，各有其面貌，也各有其訴求，互相之間造成一種對峙乃至對話的狀態。第一版和最後一版在對話，上欄和下欄在對話，廣告和新聞在對話，小說和散文、詩歌在對話……。討論二十世紀中國文學的文類及文體變遷，有作家的積極嘗試，還必須考慮發表園地——也就是報章本身的特點。也就是說，討論報章之於文學，不只強調文學是怎樣被生產出來的，更應該關注在這一生產過程中，報章刊載這一行為本身，如何影響作家的審美趣味及文體感。換句話說，報章上不同文體的對話，構成了二十世紀中國文學形式演進的一大動力。因此，研究者的工作，不只是關注報刊上登了些什麼，更應該關注怎麼登，還有這種版面分割與欄目設置如何影響作家的寫作，乃至催生出新的文體或文類。只有在這個層面，作家、作品、文化氛圍、文學潮流等，才能融為一體。所謂的報刊研究與文學研究的結盟，才算真正落到實處。

但是，很抱歉，只能實話實說，不是每個學者都能輕易找到研究所需的舊報刊。以前上海圖書館複製了不少縮微膠捲，只是看起來很吃力；近年北大圖書館掃描了不少民初的報刊，製作成光碟，可惜太貴了。據說是製作成本高，盜版也很容易，只能出高價，賣給圖書館。因報刊收藏很分散，我很想聯合各大學及研究單位，擬訂一個計畫，大家合力，將清末民初的重要報刊全部複製，讓研究者像使用作家文集一樣，隨意閱讀所需的舊報刊。現在大陸與台灣、香港已經複製了一些，包括紙本與電子版，但遠遠不夠。

最後，談報刊研究，我想提醒諸位兩句話。第一，從報紙雜誌入手，從事文學史研究，必然會傾向於欣賞細節；但文學研究不止於細節，必須帶進文化史的眼光、文學場的思路等，這樣才能見其大。否則，你會被各種諸如標題、廣告、圖像等邊邊角角的東西所迷惑，沉湎其中，把玩不已，而忘記了自己的工作目標。這樣也能做，很有趣味性，玩得也很開心，可意義不大。所以，我再三說，要有問題意識。要懂得欣賞細節，但同時明白，學術研究不只限於細節。只有細節，不管怎樣精采，也都構建不起社會史、思想史、文學史。這是第一句話。

第二句話：理解晚清的眾聲喧嘩，但必須力爭成一家之言。「眾聲喧嘩」這詞，似乎是王德威創造的，現在很流行。尤其談晚清，特別愛用這個詞，因它能跟多元文化論述對上號，又大致符合晚清文化特性。研究對象的眾聲喧嘩，不應該成為放棄研究者主體性的藉口。之所以說這些，是有感於以前的人寫文章太堅硬，而現在的文章又太鬆軟，什麼都有，什麼都能接受，作者自身的立場，以及文章的邏輯性，因而大大減弱。所謂成一家之言，即反對將文章變成史料拼貼；巧妙地剪輯史料，不應該模糊自家的立場。受過良好學術訓練的學生，往往勤於搜集資料，也能照應各家學說，但文學史不是史料長編。資料長編可以只是並置各家學說，文學史論則必須採擇、批評、辨正，力圖成一家之言。做學問寫論文，有幾個境界：第一，成為定論，全世界都承認你，無可質疑；第二，成一家之言，持不同意見者，也都承認你說的有理；第三，能自圓其說，論述上沒有大的漏洞，不自相矛盾，邏輯上是說得通的。第一境界很難達到，第三境界必須力保。現在看到的情況是，由於論者大都受過良好的學術訓練，蠻不講理的少了，面目模糊的多了。說是眾聲喧嘩，弄不好就成了一頭霧水，什麼都往裡面扔，最後變成一鍋大雜燴。談作家文集，好歹還有個邊界；要說報刊研究，可是漫無涯際，沒有自家立場不行。

今天不夠時間，就講這些。以後每回上課，我會留下五到十分鐘，讓大家發問。有能力的同學，可以盡情表演，讓老師同學欣賞你的風采；有困惑的同學，不妨提出疑問，讓我進一步發揮。當然，特別難的問題，一時回答不出，我會回去查書，再向諸位彙報。謝謝大家。下課。

第二講

# 稿費制度與近世文學

二〇〇二年十月二日

江欣潔／記錄

古代中國文學與現代中國文學之間最大的不同點，在於晚清以降報刊的出現，使得整個生產流程、傳播方式，以及作家的寫作心態，都發生了巨大變化。以下各講會從不同角度與層面談論這個問題。今天，我先從稿費制度方面入手，來討論近代文學的確立。

## 一、稿費制度的成形

古代中國文人除了當官拿俸祿以外，同樣可以藉著文章寫作而獲得某種報酬。古代中國文人藉助於詩、文等體裁寫作而獲得報酬的，我們稱之為「潤筆」。自宋代開始，就討論過這個問題，宋人洪邁的《容齋隨筆》提到：作文受謝始自晉宋。而清初顧炎武認為，其實從漢代起，中國文人就開始接受文章的饋贈。以寫文章獲得經濟收入，這大約已有兩千年的歷史。《後漢書・郭泰傳》提到東漢蔡邕所撰〈郭泰碑〉「無愧色」，也就是說，蔡邕撰寫此碑乃出於公心，不像為他人寫碑獲得報酬，故皆有所慚。一般來說，寫碑獲得報酬，不免多說好話，我們稱之為「諛墓」。

不管說是自晉宋或是漢代開始，都是在追溯起源。其實文人作文章得到報酬，風氣最盛的，應該是唐代，其中最有名的，就是韓愈。韓愈以文章出名，而且其文章中，「墓誌」占的份量特別大，因此受到後世文人學者的批評。唐代以及韓愈，在我所理解的「稿費制度史」上，特別重要。因為到了唐代，寫墓誌可以得到金錢，成為一種風氣。其嚴重性到了這個地步，有名的文人被貶謫在外，或是入獄，都有人追蹤而至，請求他為自己的父母撰寫讚誌。為什麼有這樣的風氣?是中國人「不朽」的觀念使然。大文豪寫的文章，非尋常文章可比，本就可能入集，流傳久遠；更何況墓誌埋在地下，一旦出土，上面有大文豪的筆墨讚詠，祖先將會何等光榮！不但光耀門楣，還能夠流傳千古。因此，在很多人看來，墓誌是值得用金錢來認真經營的。越是有名的文人，被請求寫墓誌銘的就越多。我開玩笑說，這是一種最具有經濟價值的文體。劉禹錫給韓愈寫的一篇訃文〈祭韓吏部文〉，寫到韓愈名氣很大，碑誌墓表都寫，而且，此類金石文章一字千金。這是從正面表揚韓愈，說他文章寫得好，因此，大家都請他寫碑表之文。但是李商隱的《李義山文集》卷四中有一則「劉叉」，提到劉某到韓愈那兒，偷了不少錢，飄然而去，還留下話來，說「此諛墓中人得耳，不若為劉君壽」。就是說，這錢是拍死人馬屁而得來的，還不如拿來給我做壽，我拿走，沒什麼了不起。這其中，當然有開玩笑的成分，但也可見當時韓愈撰寫墓誌，賺了錢，很多人都知道。

宋代以降，文人學者對韓愈此舉多有批評，只有明清之際的黃宗羲為他打抱不平。黃認為，韓愈確實為寫墓誌得了很多錢，但這是值得的，因為他寫得好；不能因為他寫得多，就說他是「諛墓」。在〈金石要例〉中，黃宗羲為韓愈多方辯護，說他深諳銘法，「非截然諛墓者也」。我也認同這個說法。在今天所見的韓愈文集中，「贈序」、「墓誌」這兩種文體都是寫得最有生氣，而且是最有開拓意義的。我在北大講散文的時候，會特別關注幾種文體，像贈序、墓誌、遊記、書札等等。在六朝和唐代，以贈序和墓誌這兩種文體的開創意義最大，特別是因為韓愈，而得到了很好的發揮。他拿錢，這是不爭的事實；但另一方面，卻是開創了一種文體——我更看重後者。而且，韓愈的墓誌文，不是單單拍馬屁，有寫得很漂亮的好文章。而黃宗羲之所以這麼說，與他個人的體悟有關。明清易代之際的著名文人錢謙益，降清之後，不斷反悔，後來還參與反清復明的工作，這些，在陳寅恪的《柳如是別傳》中有專門的分析。談及錢謙益的生平事蹟，有個細節，請大家留意：他晚年經濟情況不佳，有很強的危機感，預感自己死後，柳如是的生活將會很艱困，因此，希望能在自己身後留存些錢。這時，有個鹽商願付兩千金請他寫兩則墓誌，當時他已經病重，無法寫作。剛好，與他交好的黃宗羲路過，他就留住黃宗羲，把他關在屋裡，並告訴他說，非要把這兩篇墓誌寫出來不可。在此之前，錢謙益曾經請自己的門生代筆，但都不合意。黃宗羲為報答故人之情，便代寫了這兩篇墓誌，為錢謙益賺了這筆錢。明白說，在傳統中國，文人除了做官的俸祿以外，很重要的收入，就是「潤筆」。作文接受潤筆，作為一個文化習俗，是唐代以下文人都能接受的。這一點，記得錢穆先生的《中國文學論集》中，有一篇文章專門討論到。另外，顧炎武的《日知錄》卷十九，有一則〈作文潤筆〉，可參考。

但是，古人作文，並非每一種文體都能得到潤筆，這與今日的稿費制度不同。至今為止，我還沒有看到任何記載，提到唐宋的哪一位詩人詞人，因其作品得到潤筆；就算有的話，大概也是私下交易。我們知道，古代文人為了兩句好詩，是會弄出人命的。大家讀唐代文學，肯定會有所瞭解。但是詩文之間，卻有很大差別，並非所有文章都可以賣錢，也不是每個人都有這種機會。必須是著名文人的墓誌銘什麼的，才會有人願意出錢來買。人家之所以買，乃是預期會成就祖宗「千秋不朽」的大業。剛才說了，所謂「不朽」，有兩種可能：第一，入集。假如關於你祖先的墓誌收入了《韓昌黎文集》，那確實是流傳千古；第二，出土。由於某種機緣，幾百年後，墓誌出土，後人見到，很寶貴，同樣也會對你祖先的事蹟有所瞭解。基於這兩種考慮，人們願意出錢買此類文章。陳寅恪先生曾經說，他看過不少北朝時的墓誌，文字很不講究，除了姓名籍貫，生死時間，子孫誰誰，就結束了。為什麼那時的墓誌這麼簡單？陳先生認為是後來文體進化之故。我看不一定。有一點，諸位必須明白，絕大多數人的墓誌都是非常簡單的，只是有錢人，才會費盡心思請有名氣的文人來寫墓誌。

接下來，我要說的是，潤筆不是直截了當給稿費的，也不是以等價交換的，沒有一個字多少錢，一篇多少錢之說，完全是看彼此之間的交情、親疏，視文人受景仰的程度，或家裡財產的許可情況，來決定到底給予多少。而且，往往都不是給錢，而是給各種實物，更風雅的還會贈小妾等。因此我們知道，中國古代文人有可能由文章上得到好處。龔自珍確實說過：「避席畏聞文字獄，著書皆為稻粱謀。」但這是牢騷話，當不得真。在龔自珍之前，中國文人基本上不是靠文章來獲得固定收入的。在宋元兩代的戲曲及說書中，會提到所謂的「書會才人」，也就是為說唱編寫底本的人。那也是一種寫作，而且是職業性的寫作。但我不認為他們是中國文人的主體。當然，還有刻書的人，他們有文化，也有商業頭腦，是他們創作並刊刻了明清之際大量的才子佳人小說。但是一般說來，中國文人並不直接以自己的文章來換取生活之需。

自晚清開始，文人逐漸直截了當地以自己的文字來換取金錢，這是稿費制度成形的關鍵期，它與後世中國文學的發展有直接的關係。至少到目前為止，稿費的存在支撐著知識產權與文學創作，文人的安身立命與他的獨立性格，都與稿費制度脫離不了干系。因此，我們必須考量稿費制度是如何成立的。

稿費制度的成立與近代的出版業，尤其是報刊有絕大關聯。葉德輝的《書林清話》卷二有一則〈翻版有例禁始於宋人〉。版權所有，翻印（刻）必究，這樣的觀念，宋代開始出現。不過，那時主要是保證刻工而不是著作者的利益，因宋元時刻版費用很高。晚清不一樣，主要是保障著作者及出版者的利益。這方面有許多例證。舉個例子，一九〇七年的《小說林》雜誌第三期上，刊出「特別廣告」，其中說到：「本社所有小說，無論長篇短著，皆購有版權，早經存案，不許翻印轉載。」可見，在晚清，已經流行用法律來保障版權。我們可以從李伯元小說《中國現在記》第九回中，讀到一個令人啼笑皆非的故事，反過來說明這個觀念在當時如何深入人心。蒙陰縣令到省城裡去為自己貼德政條子，上面說，自身如何如何的偉大（這與現今官員的塑造自家形象類似），後面不忘按照慣例，刻上「版權所有，蒙陰縣本署」字樣，以致鬧出大笑話來。由此可知，晚清版權觀念已經非常流行。我們在閱讀晚清的報刊時，也常會看到一些因為版權問題引發的糾紛，這個以後再談。

版權的觀念與稿費制度有關係，但不太一樣。一八七二年《申報》創刊，這件事現在看來特別重要。因為，《申報》在晚清到民國期間，屬於第一大報，影響長遠。《申報》創刊號上，有一個《本館條例》，大意是說，《申報》是屬於新聞性質的報紙，所以請大家告訴我們新聞方面的消息，除此之外，我們還希望刊登一些竹枝詞及長歌紀事，有名的文人要是肯把自己的文章寄給我們，我們願意刊登。但是，請注意，這裡強調「概不取值」，也就是說，我不給你錢，你也不用花廣告費。大家都知道，報紙靠廣告為生，所以，早期的報紙中出現各種廣告，例如輪船、香菸、藥品等等，這是報紙最主要的收入來源。而將版面騰出來，刊登一則文人的長篇詩歌，是相當給面子的事。因此，那時沒有稿費一說。《申報》如此，其他報刊亦是如此。只是到了一八九〇年代，出現了一些變化。在所有的文人寫作中，有一種文體，報紙不只給予刊登，還給你錢，那就是小說。從前文人寫作，挑選其中一部分，刊登在報紙上，讓你出名，這就很不錯了。現在不只是給你登，還給你錢，真是天上掉下大餡餅。但是，這有個前提，那就是你的作品要能夠吸引讀者，有利於報紙的推廣。可見，在晚清，並不是所有的文體都可以拿錢，所謂稿費發放，只針對一種特定的文體，那就是小說。寫小說可以拿稿費，散文詩歌則不行。

這情形，到了一九〇七年，又發生了一些變化。《小說林》說，小說給稿費，但假如是文藝雜著，譬如筆記詩歌什麼的，可以酌情分贈圖書代用券。圖書代用券只限於購買小說林社自己出版的書。不管怎麼樣，小說和其他雜著之間，因為讀者量的區別，待遇還是不同。我分析這一點，是要告訴各位，晚清文人他們憑什麼生存；而這種「生存之道」，又如何影響到後來的寫作。至於小說家到底能拿到多少錢，《小說林》的「募集小說」啓事上寫著：「甲等每千字五圓，乙等每千字三圓，丙等每千字兩圓。」而大部分報紙及書局，比較狡猾，只寫了「潤筆從豐」四個字。這是一種很不可靠的模糊語言，主持者很容易上下其手。大名鼎鼎的商務印書館，就是如此辦理。大家讀了林紓留下的各種材料，以及商務印書館老闆張元濟的日記，知道當時給稿費，主要看作者名氣，高的千字五塊錢，低的兩塊錢，最便宜的，壓到千字五毛錢。最慘的例子，是寫《江湖奇俠傳》的向愷然（平江不肖生），因為他當時還沒有成名，所以《留東外史》只能以最低價格賣出，等到後來書暢銷了，想把版權要回來，辦不到。做這個筆墨生意，有的人價高，有的人價低。我現在說五塊錢、五毛錢，大家一點概念也沒有，不妨舉兩個例子。一是包天笑翻譯了兩個中篇，《三千里尋親記》及《鐵世界》，共四、五萬字，當時他拿了稿費一百元。一百元的稿費，據他自己說，可以從蘇州到上海去旅行一趟，還可以有幾個月的家用。另外，周作人將他翻譯的《紅星佚史》賣給了商務印書館，得了兩百元，《知堂回想錄》裡說，「這是很不小的一個數目」，自己感覺很得意。

從前的文人，寫作是為了舞文弄墨，或者出名，或者表達自己的才氣，或者是一種壓抑不住的靈感等等。現在，公開刊出，還可以得到稿費，對於文人來說，這是一種特別大的鼓勵。最明顯的是包天笑，他說，從此以後，「把考書院博取膏火的觀念，改為投稿譯書的觀念了」。在此之前，文人都是想著進書院，考科舉，然後當官發財。現在因為多了「稿費」這一條路，著譯小說也能得錢，這種生活方式的改變，影響後世整個中國文人的心理傾向。

為什麼特別強調著譯小說也能得錢？這在今天是很自然的，但是在晚清之前，像吳敬梓與曹雪芹，他們寫《儒林外史》、《紅樓夢》，根本不可能有稿費的，生前能有人刻印，就已經很好了。他們的寫作，大都出於個人興趣，有的是一腔牢騷，有的是才華橫溢，有壓抑不住的創作欲望，非寫不可。現在不同了，小說家之所以創作或翻譯小說，很可能是將其作為謀生的主要手段。

當然，這只是一種可能性，不是所有的文人都願意走這條路。我曾說過，晚清時，願意在上海報刊書局廝混的人，都是科舉不得意的江南小才子（江浙一帶文化水準高，但科舉不得意的人也多）。真正春風得意的才人，都不會去做這種事的。請大家注意一點，西元一九〇五年，清廷在各種壓力下，終於下詔書，第二年起停止科舉考試。我們知道，由隋代開始，一千多年以來，中國實行科舉取士。中間儘管也有諸多變化，但一九〇五年的「興學堂，廢科舉」，對中國文化史來說，是一個決定性的轉折。當年嚴復在日記中就曾說過，這肯定是千年一遇的大事，是好是壞，是喜是憂，現在還說不清。此前此後，中國讀書人的選擇大不相同。在此之前，即使已有新式學堂，但那不是「正路」，因為沒有功名。嚴復和馬建忠等人，雖然出國留學，還是需要通過特別的考試，由朝廷給予「譯學進士」的頭銜；有了這個頭銜，才能在社會上達到廣泛的認可。可從一九〇六年起，這條沿襲了千年的晉升之路，突然間斷了，你說這事大不大？

大家讀中國史，都應該明白，古來中國人的「階級觀念」不是特別強。上下層之間的流通，可能性比較大，這是因為中國有科舉制度。理論上，不管你出生於什麼階層，你都可能通過讀書考科舉，博取功名，最終改變自己的社會地位。這跟明治維新以前的日本是大不相同的。那時的日本人，無論是出身武士、農民、商人家庭，其原來的等級身分，是不可能改變的。中國人卻可以通過讀書來改變自己的命運。可是，這個制度在一九〇五年以後被打破了。在當年，對取消科舉制最為憤怒，抨擊最力的，是那些已經成年卻還沒考上舉人進士的。因為，年紀小的，可以走出國留學的路；已經考上的，當然也沒問題。對於那些準備了十年二十年，全力以赴投入科考的人來說，以前的訓練突然沒用了，怎麼辦？這就好像中國大陸鬧文化大革命，最慘的是什麼人？是讀到了高中三年級，已經準備好要參加高考，突然說不考了，鬧革命了。下一次什麼時候考？十一年以後！（高考於一九六六年停止，一九七七年恢復。）而到了那個時候，這些人年齡都已經接近或過了三十歲，好多人不能再進考場了，我特別能體會他們的悲憤與鬱悶。當時，朝廷廢除科考的命令一下來，江南很多讀書人嚎啕大哭，都跑到官府衙門前去請願。但是沒有用，大局不會因此而改變。既然大局無法改變，聰明人趕快掉轉自己生存發展的方向。其中，很多人轉來了上海，進入報刊業、出版業，這是一條可以繼續發揮自己所學的路子。學了二十多年筆墨功夫，科舉路絕，轉而投向報刊業，還是能發揮作用的。因此，你就能理解，一九〇六年以後，何以突然間上海的報業特別發達。上海有租界，報禁比較鬆，再加上江南才子大批集中到這裡來，文化於是繁榮。所以，說難聽一點，晚清文學尤其是小說的發達，其實是跟一大批文人沒機會晉升有直接的關係。他們為了養家餬口，為了自己的生存與發展，而轉向新聞、出版等文化行業。

晚清時，寫小說的主要有兩批人，一批是當年留學或是流亡到日本的，就像梁啓超、羅普或是後來的魯迅等人。他們到了日本之後，有比較好的生存環境，而且有遠大的抱負，要救國救民，要啓發民眾，所以寫小說。對於這些作家，大家可能比較熟悉，他們走的是以改良群治為目標的「新小說」的路子。還有一批人，主要是江南才子，科舉路絕後，集中到上海，為了謀生而寫小說。這些人和東京的那批人不同。在東京的留學生或流亡人士，為了政治理想，他們不考慮版權、印數、稿費等問題。而上海這批人是為了餬口，所以會首先考慮如何賺錢。一九一五年，梁啓超發表〈告小說家〉，特別憤怒地說：我當年提倡新小說，是有偉大抱負的，怎麼小說現在變成這個樣子？其實，上海的小說，本來就是這個樣子。而且，你將來還會發現，二、三〇年代上海灘的那些通俗小說，延續的也是這個路線。

既然首先是餬口，當然必須考慮如何博取最大多數讀者的興趣。用五四新文化人的口吻，這就叫「拜金主義」，即為了金錢而寫作。大家要注意，說這些話的人，都是地位比較高的，用北京人的話說，這就叫「站著說話不腰疼」。因為他們是大學教授，社會地位高，也有良好的生活待遇，好到什麼地步呢？當年北大教授最高薪水是六百大洋，而在北大圖書館打工的毛澤東，一個月是八塊大洋。所以，民國初年的北大教授，家裡雇兩個廚子，訂輛黃包車，養活一大家子，還可以拿錢出來辦雜誌。民國初年的「文學革命」，或者說提倡新文化，是一批學有餘力的文化人，憑自己的政治理想和經濟實力，辦起來的。要是純粹靠市場，那絕對不可能。《新青年》也好，早年各種各樣的同人雜誌也好，都是這麼做起來的。不妨換一個角度，替那些在市場裡面討生活的下層文人說話——他們確實沒有宏大志向，確實比較計較金錢，但那是他們的社會及經濟地位所決定的。

這是中國文學史上第一次出現真正意義上的職業作家，靠稿費維持生計。不管你是被迫的，還是主動的，是因為考不上科舉當不了官，還是沒有學位不能進入大學教書，既然選擇寫作這個行當，並因此而得到良好的生存保障，這就是職業作家了。有趣的是，這些職業作家只能是小說家。因為，其他文體不可能有那麼多的讀者，不可能拿到那麼多的稿費。這種稿費支付方式，其實是受制於市場。當時，有兩種力量，共同扭轉了以往認為小說「不登大雅之堂」的想法，其一是觀念上的，如梁啓超所提倡的「小說為文學之最上乘」；其二則是部分文人從小說寫作中獲得豐厚的利潤。從此，文人可以堂堂正正地用自己的名字寫作並發表小說，藉此來賺取金錢，獲得名譽，甚至將其作為安身立命之所。所以，今天講的第一個問題就是，稿費制度的出現，不只養活了一批作家，而且改變了中國文學的發展趨向。

## 二、小說市場的拓展

稿費制度的成形，對作家寫作方式有很大影響，而這，在小說形式變革上，顯得格外突出。因此，我接下來要談關於小說市場的拓展。談小說市場的拓展，必須從晚清報刊業的逐漸繁榮說起。

一八一五年，馬禮遜（Robert Morrison）在馬六甲出版第一個中文雜誌《察世俗每月統紀傳》，此後，中文報刊陸續出現，但發展速度很慢。一八一五至一八六一年間，現在還能找得到的中文報刊，總共也就八種。而且，都是斷斷續續出，一下子就沒了。一八六一年之後的三、四十年間，中文報紙雜誌逐漸增加，到一九〇二年梁啓超做統計的時候，全國共有一百二十四種報刊。你可以想像，他的統計肯定不夠詳盡，日後發現有不少闕漏的。但可以肯定的是，晚清這段時期，報刊不是很多。辛亥革命成功後，報刊大為發展，大約有五百家之多。袁世凱稱帝時，一有報刊敢批評，他就查封。等袁死了之後，這些報刊又都紛紛恢復。到了一九二一年，全國共有報刊一千一百零四種。這就是從一八一五至一九二一這一百年間，報刊發展的大致情況。

在報刊中，與我們的討論話題相近的，不是一般的新聞，而是文學作品，尤其是小說。早期的《申報》上，偶爾出現一兩則短篇小說，例如福爾摩斯偵探案等。更重要的是，一八七二年出現了第一個文藝雜誌《瀛寰瑣記》，其中除了蠡勺居士翻譯的英國小說《昕夕閒談》外，其餘都是詩文。一八九二年《海上奇書》出版，這是由韓子雲（《海上花列傳》作者）編寫的個人雜誌，主要是發表自己的長、短篇小說，再穿插一些前人留下的筆記小說。也就是說，在一八七二年開始，有雜誌專門登載文學作品，但這些雜誌，或作品短小，或屬於個人性質。真正成功的文藝雜誌，對後世小說發展影響很大的，應該算是一九〇二年在日本橫濱出版，由梁啓超編輯的《新小說》。

大家都知道，《新民叢報》提倡「新史學」，《新小說》提倡「新小說」，再加上前兩年的「詩界革命」和「文界革命」，在短短三年多的時間，梁啓超一個人提出四個「革命」——詩界革命、文界革命、小說界革命（新小說）、史界革命（新史學）。在小說界革命方面，成績非常明顯。一九〇二年《新小說》出版後，第二年上海出現了李伯元主持的《繡像小說》，第三年出現《新新小說》，接下來又有《小說世界》、《月月小說》、《小說林》等。我做了一個統計，自一九〇二至一九一七年，目前我們能見到的，約有二十九種以「小說」命名的雜誌或報紙（其中二十七種是雜誌，兩種是報紙）。這些報刊，有的發行不到一年就沒了，有的甚至就只出了一期。但不管怎麼說，以「小說」命名雜誌或報紙，代表著有一批人，他們有意來經營這種過去被認為是比較低級的文類。這二十九種長短不一的小說報刊，代表了文學界風氣的變化。也就是，以「小說」作為主要經營目標，把他們的精力甚至生存的希望，都寄託在小說裡面。這包括在日本從事革命活動的啓蒙者，也包括生活在上海、武漢、廣州的職業文人。當時最主要的小說雜誌，其作者、讀者和發行者，大抵上都集中在上海和廣州，此外就是日本的橫濱和東京。這麼多雜誌出來之後，首先，我們要問一個問題：銷量究竟有多大？就說發行期數吧，那樣比較容易說得清楚。像《小說月報》那樣準時出版，一九一〇至一九二〇年間發行一百二十六期，這樣成功的例子實在太少了。哪個存在最短，我不敢說，現在能找到的《白話小說》只有兩期，《小說革命軍》則只見到三期，不敢說它就這麼多，因為有可能丟失了。

接下來要追問的是，這些小說雜誌的發行量究竟有多大？為了這個問題，我做了若干考辨，發現實在是不容易回答。原因在於沒有完整的紀錄留下來，我們今天只能靠各種檔案和報紙、雜誌、回憶錄等，來幫助勾勒、復原，很快地你就會發現，這些史料之間往往互相矛盾。最離譜的，譬如說，伍莊的〈梁任公先生行傳〉說，《新民叢報》暢銷得很，當年曾銷到十幾萬冊。而我讀梁啓超本人寫給上海朋友的信，說他經營如何困難。一方面，為了邀約廣告，要盡量提高印數；另一方面，向股東彙報時，則強調生存困難。這些能找到的資料，互相矛盾，所以，我只能採取一個辦法：盡量收集相關資料，把最高印數和最低印數放在一起，略作平衡。我找了五個雜誌，首先是林樂知在上海編的，教會辦的《萬國公報》，它對於戊戌變法曾起了很大作用。這原來是週刊，後來改為月刊，我們現在知道，它的最高印數是五萬四千三百九十六份，最低時只印了一千八百份。《時務報》呢，最高印數曾達到一萬七千份，最低時是四千份。《新民叢報》，當年影響力很大的雜誌，最高印數一萬四千份，最低印數四千份。章太炎辦的《民報》，是提倡革命的，最高印數一萬七千份，最低六千份。《禮拜六》，一九一四年在上海創刊，是鴛鴦蝴蝶派最主要的刊物，最高印數達兩萬，最低印數我沒找到。提供這麼一組數字，是想告訴大家，在晚清，大體上，報紙雜誌的銷量，能達到三、五千份，就屬於不錯的了。《申報》曾在長達半個多世紀的時間裡引領風騷，對中國人的生活起了決定性的作用，也是研究者理解那個時代日常生活的最主要資料。大家想要知道哪一天到底發生了什麼大事，準會去查《申報》，那是很好的資料庫。《申報》最高的印數是多少？到一九一八年，作為報紙的《申報》，印數也才三萬份。今天看來，三萬份的報紙印數，實在是少得可憐；但在當年，這已經足以影響整個中國。

講完報紙的印數，我們再來看書籍，尤其是小說，發行量究竟有多大？討論小說的發行量，這問題很嚴重。因為我曾經盡量找過各種小說的初版本，對照後發現：大約從一九二〇年代初期始，大部分圖書的後面才寫明印數；在此之前，沒有寫明。由第一版開始，不斷累積印數，這個習慣，是從一九二〇年代才開始的。原因是，當時的版權法有明確規定。二、三〇年代出版的書籍，後面都有一個像印花稅一般的印章，印五百本，作者就給印刷廠五百個，一本貼一個。書商如果多印，沒有印章，不算數。魯迅當年和出版社打官司，也是這麼訂協定的。我們今天看魯迅的書，除了盜印的不算，看他各書後面的印數，可以統計出他的收入。但是二〇年代以前的書，就沒有這樣的便利。我們看當時影響很大的暢銷書，譬如說《孽海花》，在一九一一年的《小說時報》中，有一篇文章稱，《孽海花》總共印了七版，印數大概是兩萬部左右。兩萬部，這在當年已經是很嚇人的了。另外，徐枕亞的小說《玉梨魂》，當時也是暢銷書，據說初版不到兩個月就銷完了，以後不斷重印，一年內印數大概是兩萬部。一年內印行兩萬部，即使在今天，也是一個很可觀的數字。再譬如柯南・道爾（Arthur Conan Doyle）的《華生探案集》（福爾摩斯偵探案），在一九〇六至一九二〇年，總共印行了七版；另一個《福爾摩斯偵探案全集》，一九一六年出版後，二十年間印行了二十版。由《玉梨魂》改寫的《雪鴻淚史》，同樣很暢銷，四年間印行了十版。還有，晚清很有名的小說《廣陵潮》，一九一四年出版，到一九三三年，近二十年間，共印行了十四版。另外，據說當時《九尾龜》一書盜版的特別多，作家沒有得到相應的利益，正準備起訴書商，於是搜集到了該書的數十種盜版。我們現在沒有辦法得到確鑿的消息，但是大致能理解，清末民初，由於科舉制度廢除，大家轉向小說創作，這種娛樂性的圖書得到讀者的廣泛認可，因此發行量很大。當然，即使有了版權法，稿費制度也日漸完善，盜版還是很猖獗的。

比起這些發行量很大的小說，另外一種暢銷書，譬如說教科書、政治讀物等，那就更難統計了。因為，像《革命軍》這類宣傳革命的讀物，主要是由政治團體來印刷，而且「鼓勵盜版」。另一種是教科書，它進入學校，不需要寫明印數。所以說，這兩種圖書的印數基本上沒辦法做統計。如果《新民叢報》的最高印量是一萬四千份，《申報》也才發行三萬份，在這種情況下，一本小說能印到兩、三萬部，已經是相當可觀的了。這樣，你就能明白，當年康有為到達上海之後，會受到很大刺激，感嘆「經史不如八股盛，八股無如小說何」。後來梁啓超也正是從這個角度出發，提倡小說界革命。康有為曾說，他到了上海之後，問書局老闆，「什麼書最好賣？」人家回答說：「書經不如八股，八股不如小說。」像《尚書》、《詩經》這些當時作為上層讀物的經典之作，不如「八股」好賣。為什麼?因為八股是當時科舉考試最主要的科目。可即便如此，八股也爭不過小說。這種小說市場的迅速擴張，使得當時的小說家有了很好的飯碗，也使得西洋小說開始大量進入古老的中國。這麼一來，必定改變了人們對於小說的看法。

關於歐美小說如何傳入中國，有各種各樣的統計。當年商務印書館出過圖書目錄，是二〇年代做的。到了三〇年代，阿英等人也做過。八〇年代，我也做過一點。最新的統計數字，建議各位參看日本學者樽本照雄的著作。這位大阪經濟大學的教授，我認識他近二十年，看他一直全力以赴地做清末小說目錄的增訂。他的《清末民初小說總目》，到現在已經出了第三版，還在不斷增訂。他會持續不斷地追蹤學界現狀，把很多人的最新考證成果吸納到自家著作中。可以說，這書體現了目前學界已達到的水平，尤其是盡量給每本可找到底本的翻譯小說注出原來的書名，這是很難的事。晚清的翻譯很不規範，同一本書，同一位作家，很可能有截然不同的譯名。例如，某一天，我們找到了一本凡爾納（Jules Verne）的小說，大家都不知道書名，最後才發現，原來那是由法文譯成英文，英文譯成日文，日文再譯成中文，每個人都根據自己的讀音來拼。你必須一步步追，追到原始，才明白是怎麼一回事。當年很多翻譯過來的流行小說，跟我們今天的譯名不一樣，所以，必須有一部可信的工具書，幫助我們瞭解其來龍去脈。

## 三、小說家的專業化

比起歐美和日本，二十世紀初的中國出版業，其實是相當落後的。今日中國大陸的圖書出版，每年大概是十萬種；而一百年前，也就是一千多種。而在這一千多種裡面，小說大概占了四分之一。小說發行量的迅速增加，引起了啓蒙者的關注，於是，利用小說作為傳播自己思想的工具，以及純粹為了自身的經濟利益，這兩種人都積極投身小說創作。這兩股力量集合在一起，於是有了清末小說的繁榮。前一種，就是我說過的從上而下謀求社會改革的思路，其後續是五四新文學；後一種是從下而上，主要追求經濟利益的寫作，這條路，造就了五四以後的通俗小說。這兩條路並存，各有其價值。在我看來，「新小說」並非辛亥革命後才「墮落」，從一開始，就有兩種不太協調的聲音，或者說兩條路。

當年康有為、梁啓超等人之所以看重小說，稱其為「文學之最上乘」，不是基於審美的考慮，而是看中其巨大的社會影響力，希望很好地加以利用。其實，梁啓超對「小說」的看法變化很大，一開始看不起，一八九八年以後，突然間大力吹捧，一九一五年又反過來批評。早年梁啓超的文學思想注重啓蒙，晚年重又回歸審美。當他強調啓蒙時，第一位的文體是小說；當他回歸審美時，第一位的文體是詩。換句話說，梁啓超等人之提倡小說，將其推到文學的前台，純粹是因為它的讀者量大，希望將其改造成為傳播自己政治理念的工具。這樣的想法，不但延續到五四新文學運動，到了五〇年代的「紅色敘事」，依舊仍有這種傾向。其實，利用小說進行政治宣傳，這是二十世紀中國文學的一大特徵。反過來，你會發現，被我們罵為低俗並打入冷宮的那些通俗小說，反而更多「娛樂性」，更接近古人所說的「不登大雅之堂」這一小說的本來面目。

我們常嘲笑那些科舉制度取消後轉而寫小說的文人，說他們賣弄文才，追求金錢，是為了娛樂讀者而寫作。從晚清一直到二、三〇年代的張恨水、六〇年代的金庸，這一條線，一般文人學者是不太以為然的。北大前幾年表彰金庸，引起很多人的批評，說北大墮落了。諸如此類的思路，都是從五四新文化的立場來觀察世界的緣故。但有一位學者，叫浦江清，他寫過一篇文章〈說小說〉，對傳統中國「小說」觀念的梳理非常清楚。「小說」不是「大說」，本來就帶有很強烈的娛樂色彩，只不過在特定階段，因為某種因緣，文人或政治家利用它來宣傳自家的觀念，一下子把小說提高到至高無上的地位，造成一種虛假的繁榮。假如明白這一點，你就可以知道，小說的基本特性是娛樂，只是「娛樂」之中隱含了作者的政治理想和審美情調。

晚清時期，投身到小說創作之中的作家們，流品不一，有的是為了政治理念，有的是滿足自家不可抑制的創作欲望，也有的純粹是為了金錢。所以說，雖然晚清出現了大量的小說，可小說間的水平差異特別大。當然，你可以說，任何時代，好小說總是少數的。問題比較嚴重的是，小說家明顯的商品意識，一方面促成了小說數量激增，另一方面，也慫恿甚至默許了創作中的粗製濫造。可以這麼說，因為生活動蕩，沒有時間精雕細刻，不可能像《紅樓夢》那樣慘澹經營。但更重要的是，小說寫作中「神聖感」的消失。這是因為，在整個創作活動中，摻入了太多經濟因素的考慮，也就是所謂的「拜金主義」。

民國初年，不少批評家感慨：「昔之為小說者，抱才不遇，無所表見，借小說以自娛。」也就是說，是因為自己的興趣而發憤寫作。到了晚清，還有這種寫作狀態，但不多了。如今是「朝脫稿而夕印行」，這與從前的撰寫小說，大多是作家死後才刊刻的，大不一樣。但是，跟這相聯繫，又出現一個問題：出得快，消失得也快。有了稿費制度，寫小說可以養家，但當年的讀者有限，作品發行量不夠大，利潤也不夠高，沒法像《哈利波特》（*Harry Porter*）那樣，一輩子寫一本就夠了。所以，職業作家必須不斷寫。以吳趼人為例，他從廣東到上海的七、八年間，共寫了十八部長篇小說，還有十二、三種短篇小說和筆記文學集。包天笑說，他一九〇三至一九一六年間，總共翻譯或寫作了小說三十七種。你會發現，很多作家是同時開筆寫好幾部小說，還在好幾種雜誌上開專欄的。

我本來覺得，同時寫好多個專欄，不可思議。後來一看，三〇年代的作家，也是這麼做的。你會發現，晚清小說家寫得這麼快，民初作家又寫得那麼多，拿來和《水滸》、《紅樓》相比的話，其藝術上的粗糙，一目瞭然。有生氣，能激憤，但是下筆太快了，難免顯得粗糙。這種快，是和他們的創作狀態直接相關的。舉個例子，李伯元《文明小史》第二十九回說治外法權的問題，發了整整兩頁紙的大議論；可話音剛落，第三十回又說了一遍。為什麼？很簡單，今天晚上寫完，送出去排版；第二天起來，手頭既沒手稿，排印的也還沒拿到，至於昨天到底寫了些什麼，又都忘記了。於是，把自以為精采的議論，又重說了一遍。很可惜，這樣的紕漏，因正式出書時，李伯元已去世，沒來得及修訂。晚清小說家寫作時，不像我們想像的那麼認真，為報紙寫專欄，往往是一揮而就。這就造成了晚清小說的一大特點：有好片段，沒有好長篇。不乏有才氣的作家，但沒有時間認真經營，將連載小說整理成書時，也懶得再做修改。我們都知道，金庸的武俠小說之所以藝術上比較成熟，至今仍很受歡迎，與他停止連載後，坐下來認真修改大有關係。很可惜，李伯元、吳趼人當年沒能這麼做。

梁啓超創辦《新小說》雜誌時，說了一段話，大意是：現在寫小說，比以前難多了，為什麼呢？過去是全盤考慮後方才落筆，而且前後數易其稿；現在呢，一個星期或一個月寫一段，分段連載，不可能有通盤的考慮。因此，晚清小說有好片段，沒有好結構；有好故事，沒有好長篇小說。這是晚清小說最令人遺憾的地方。但另一方面，小說的商品化，又使得作家們不一定要考科舉，巴結官府，走傳統中國文人的老路。因為經濟上不依附達官貴族，思想上更可以離經叛道。晚清小說家思想上多離經叛道，對於朝廷的抨擊非常激烈，不只是對地方官員，對皇上或所謂的

「老佛爺」，也照樣罵得很凶。這麼激烈的批評與嘲諷，在其他文類中比較少見。為什麼？我說過，很大的原因是，制約著作家命運的，已不再是官府，而是廣大讀者。讀者需要你罵，你就罵，這樣才會受歡迎，才可能暢銷。在晚清，小說家只有罵官府，才能得到廣大讀者的歡迎，才有可能獲得必要的生活資料。迎合一批潛在讀者的趣味，總比屈從一個外在的政治權威，要舒服得多，其選擇的餘地，也大多了。所以，晚清小說家政治上的獨立性，以及小說中的叛逆色彩，很大程度是因為他們的「衣食父母」已從官府改為一般讀者。

中國古代有所謂的「隱士」傳統，學成文武藝，不曾賣與帝王家。晚清有兩個著名小說家，同樣特立獨行，不應朝廷徵辟，一個是李伯元，一個是林紓。李伯元在光緒辛丑年間，曾有人推薦他應特科考試，這種考試把握性比較大，而且不拘一格，可李伯元拒絕了。一九一六年，袁世凱為了攏絡人心，採取了一些措施，包括聘林紓為高等顧問，每月奉送多少錢，但林紓也拒絕了。拒絕有兩個原因，一是他對前朝（清朝）有好感，第二點也很重要，跟李伯元一樣，林紓之所以敢這麼做，是因為他靠譯小說，生活得也很不錯。李伯元生活比較放蕩，所以，到他死前，經濟狀況很不好。但林紓不一樣，生財有道，陳衍甚至給他取了個不太好聽的綽號，叫「造幣廠」。據說他能夠一邊跟人聊天，一邊畫畫。還有，他以翻譯西洋小說出名，人家口譯，他筆錄，平均一天可以完成五千字左右。這樣一來，稿費相當可觀。所以，晚清小說家的獨立，有政治上的不合作，也因經濟上自足——不依附官場，也有好的生活待遇。可以這麼說，經濟上的獨立，導致政治上的自由。大家可能會想起魯迅的〈娜拉走後怎樣〉這篇文章，娜拉走出家庭後，如果經濟上不能獨立，還得回來。女性經濟上如果不能自立，所謂的「人格獨立」，就很難真正實現。從這個角度來看晚清的小說家，其對於稿費的依賴，並不都是壞事。

晚清作家對於官場的激烈抨擊，古往今來，無出其右。對官府批評如此刻薄，居然被容忍，是朝廷大度?不是的，那是因為朝廷失去威信，令不行，禁不止。前頭已經有「蘇報案」，章太炎還因此入獄，可為什麼小說家還敢這麼罵?有兩個原因，第一，清廷確實已經是風雨飄搖；第二，上海有租界，朝廷管不著。我曾經說過，租界對於中國人來說，既是恥辱的印記，也是展覽西方文明的櫥窗。我們看近代史，很容易發現，革命家老在租界裡活動。在那裡策畫革命，危險指數大大降低。當年清廷曾要求引渡公開辱罵皇上的章太炎，想將他砍頭，但租界法庭只判了他有期徒刑三年。「蘇報案」當時引起了很大風波，很多報紙說，這次雖然判了章太炎刑，但對革命者來說，還是個很大的鼓舞——以後罵皇帝，如果選擇適當的地點，是不會被砍頭的。因此，晚清政治思潮特別活躍的地方，大都有租界；當然，還有國外，譬如日本等。用我們現在的話來說，就是希望在比較安全的地帶從事革命活動。談這個問題，心態很矛盾，因為租界的存在，可以限制朝廷的暴行，保護革命者；可反過來，在中國土地上，官府無能為力，只能聽憑外國人斷生死，這是一種恥辱。以前中國大陸一提租界，就強調帝國主義侵略；後來改革開放，引進外資，又說這「有利於傳播西方文明」。我更願意站在中間立場，認為二者都有，不可偏廢。

還有，晚清作家之所以敢於在小說中肆無忌憚地謾罵官府，跟環境有直接關係。大家對照上海與北京的報紙雜誌，就會發現，上海比北京激進多了。北京的日報、畫報、小說、書籍等，主要是提倡改良群治，天子腳下，控制比較嚴，不敢隨便辱罵皇上。不是說上海人思想就一定比北京人激進，或者說政治上更叛逆，而是朝廷的控制力相對薄弱。

至於大眾的口味，同樣在誘使作家們闖禁區，突破已有成規。剛才我提到徐枕亞的兩本小說《玉梨魂》與《雪鴻淚史》，那其實寫的是同一個故事。《玉梨魂》出版後，特別暢銷，作者「意猶未盡」——其實是沒拿到足夠的稿費——於是添加大量香豔纏綿的詩詞，改成了日記體的《雪鴻淚史》。可以這麼說，利用了讀者喜歡「豔情尺牘」這一特殊趣味，書信體長篇小說第一次順利進入中國。由此可見，小說家的藝術革新，有時候不是基於美學觀念，而是經濟需求。並非意識到書信體或日記體小說的表現力，而是因為讀者喜歡，作家揣摹讀者口味，並順應了這一口味，無意中改變了整個小說的敘事方式。

當然，迎合大眾口味，也有負面的影響。譬如「黑幕小說」的出現，便是一個例子。不過我發現，這不只是中國人的毛病，好像全人類都有這毛病：喜歡窺探別人隱私，也喜歡讀「爆猛料」的報紙雜誌，當然也包括小說。在報紙上指名道姓，說某某人的壞話，可能惹上官司。但小說沒這問題，確實說了，你也意會到了，但不落痕跡。你一讀就知道說的是誰，但他不明說，這就比一般新聞報導或學術論文好玩。你說他是影射，他說我是虛構的。既然是虛構，「如有雷同，純屬巧合」。大家讀李伯元、吳趼人、劉鶚、曾樸等人的譴責小說，都感覺到背後有東西——這也是一種影射，不過是出於公心、比較高雅的影射罷了。當年的讀者，對這一點特感興趣，連蔡元培都會說，《孽海花》之所以耐讀，就因為背後有「影事」，故特別有趣味。至於「黑幕小說」，專門揭人家隱私，還拿寫小說來敲詐，這就只剩下「黑幕」，沒有「小說」了。民國初年的黑幕小說，大都是「短篇集錦」，而且只有一個故事梗概，沒什麼鋪陳、想像、發揮。走到這一步，過分屈從於讀者的口味，小說就差不多走上末路了。

剛才所說的，清末民初作家的職業化，以及小說的商品化所引起的種種矛盾，以後還持續地困擾著中國作家，並沒有因為五四新文化人激烈地批評「拜金主義」而完全中止。可以說，這個矛盾長時間制約著整個中國文學事業的發展。職業化寫作之後，作家如何處理好與廣大讀者的關係，如何理解小說的商品特性與審美價值之間的張力，這都是我們必須面對的問題。

十年前，我第一次到日本訪問的時候，日本教授問我：為什麼中國學者喜歡談論通俗小說和高雅小說（或者叫嚴肅小說）？我們確實分得很清楚，魯迅是一條線，張恨水又是一條線，二者不說天差地別，也是涇渭分明。你可以重新評價通俗小說，但不好把《狂人日記》和《啼笑因緣》放在一起討論。而日本學者告訴我，他們也曾有過這種雅俗的區分，但現在不談了，因為界線越來越不分明。我對這種「雅俗一鍋煮」的說法，不無疑慮。隨著中國大陸經濟的發展，商業化寫作越來越明顯。像今年初，媒體對於文學寫作的「幼兒化」表示關注。很多出版社主推「小」作家，年齡成了最大的賣點。小到什麼地步？去年的《荳蔻流浪記》，作者據說十二歲；最近又爆出個冷門，說有個八歲的小孩正在寫長篇小說。我不知道是中國人的智商越來越高呢，還是整個民族的趣味越來越兒童化？你看北京街頭不少二十多歲的女孩，打扮得像七、八歲的兒童，也許是同一種趣味。我相信，這不是作家智力問題，而是市場在搗鬼——小說作為「商品」的特性，越來越明顯。書好不好賣，與「炒作」關係很大，這才叫「功夫在詩外」。

回過頭來，我們看，中國人辦報辦刊、出版暢銷書、開始商業性寫作，走了一百多年的路。現在我們終於明白：商業寫作確實突破了某些意識形態的禁忌，也給作家的自由創造，提供了某種方便；但作家過多迎合讀者趣味，這點制約了其想像力，以及藝術感受的發揮。這個時候，回想梁啓超、魯迅等人強硬的啓蒙姿態，我還是很敬佩的。十年前，我說過一句話：「理解大眾文化，堅持菁英立場。」現在還是這麼想。假如大學教授之「理解大眾文化」，最後走向了「認同（或混同）大眾文化」，那大學其實是沒必要辦的，諸位也沒必要拿博士學位。當然，雅俗的分割、菁英與大眾的對立，並非不言自明，都是些有待進一步論證的命題。但以我對晚清文學及文化生產的瞭解，過分強調「市場」的意義，把「俗」的說得比「雅」的還雅，是很不妥當的。

# 第三講

# 旅行者的敘事功能

二〇〇二年十月二十三日

江欣潔／記錄

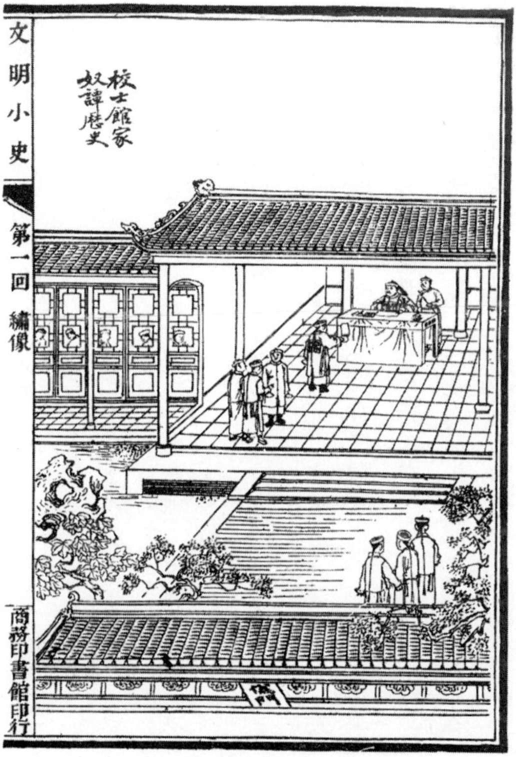

旅行作為一種社會行為，是大家習以為常的；但是，旅行作為一種文化，或者作為一種文學，包括它在幾千年的中國文化史或文學史上發揮的作用，卻不見得每個人都會認真看待。今天我討論的是特定時空下的旅行，也就是晚清中國文化人的旅行，以及由此導致的中國文學敘事方式的改變。

首先介紹一下，作為一種社會行為的旅行，有很多附帶條件。若以文化史角度來考察，你會發現，旅行需要憑藉種種工具，不管是乘車船，騎毛驢，還是今天大家熟悉的坐飛機等等，不同時代中旅行工具的變化，就是一個值得注意的問題。

此外，旅行也需要若干配備。尤其是古代中國，有很多禁忌，江紹原就寫過一本書，叫《中國古代旅行之研究》，專門講中國古代旅行時的迷信，譬如碰到鬼、妖等的可能性，以及各種各樣迴避的辦法，包括如何藉著佩帶各種靈藥來辟邪。

還有一樣很重要的東西，那就是地圖。我們讀明清文學的時候，看到很多進京赴考的故事，有沒有想過，他們是如何走過千山萬水的？譬如說，從當年的台灣府城（台南）到北京去考試，士子們怎麼進京？是從哪條路走？每天走上百八十里路，路途上有許多艱難困阻，各種長亭短亭，還有住宿的店舖，以及酒菜的價格等，所有這些，在明代的類書，譬如《一統路程圖記》、《士商類要》中，都留下了紀錄。所以，我們不難考證中國古代商人為了經商、讀書人為了功名、當官的為了就任，以及各種各樣為了某種特定目的而做的長途旅行的情形。

旅行是生活在不同地區的人們實現相互溝通的重要手段。旅行者有不同的目標，這當然是由他們的職業所決定的。譬如宗教家，大家可能都讀過《法顯傳》，要不就讀過玄奘的《大唐西域記》，再不濟你總讀過長篇小說《西遊記》吧？在人類文明史上，宗教家的旅行，是最不被艱難所困阻的。《法顯傳》中說到：走進沙漠地帶，大家都不認路，不能再往前走了，怎麼辦？「唯以死人枯骨為標誌」，也就是說，靠以前的人和駱駝的屍骨幫助辨認方向，一路走過來。如果諸位今天到新疆，從烏魯木齊往北走，可以想像一千年前中國的宗教旅行家們穿過這條道路的艱難。當然還有商人，為了牟利，也不惜經歷各種險阻。

另外一種職業，是軍事家，為了赫赫戰功或某種崇高的政治目標，率領著千軍萬馬長途跋涉。最後一種，是大家所關注的文人。我們讀陸游的詩歌及他的日記，或者讀李白的詩、屈原的詩，都可以領會到。旅行對中國古代文人而言，是獲取人生經驗或經濟收入的一種很重要的手段。最直接的例子，就是像司馬遷那樣走遍天下，搜尋各種各樣的素材，來從事《史記》的寫作。

旅行者因為各自的職業不同，旅行目的與方法也不同。我接著要談的是旅行者的文字。這些旅行者，不只是「讀萬卷書，行萬里路」，而且將自己的旅行經驗記錄下來，於是有了日記、筆記、詩文、小說、戲曲等作品。也就是說，中國古代文人不只走路，還把走路的經歷與感受記錄在自己的作品中。隨著時間流逝，其中有些湮沒無聞，有些則被永遠記憶，我們甚至會覺得，那是一部很偉大的文學作品，雖然當初很可能只是因為某種實用的目的，而非有意進行創作。這些記錄遊歷的文字，也是構成整個文明史的重要組成成分。

最後一種是，旅行者作為一個角色進入文學。在詩文、小說、戲曲中，旅行者作為一個角色出現，匆匆上路。像屈原的《離騷》或者王實甫的《西廂記》，都有遠行的意象。旅行者作為一個角色進入文學作品之後，值得關注的是它對整個文學敘事所產生的影響。這是我這節課主要討論的問題。在進入正式討論之前，有幾個假定性的要素必須提供：

第一，晚清社會的變遷，導致許多自覺的或被迫的旅行。它直接促成了留學、出使、通商、勞工輸出等等。這些海外遊歷，大大拓展了中國人對於人類文明，以及世界地理的想像。過去我們的遊歷，大抵都限制在中國的領土上，雖然也有鄭和下西洋的例子；把考察其他文明作為一個重要目的，這是晚清以降才有的。最早出洋的外交使節或留學生，還有商人等，留下來許多講述其海外遊歷的文獻。不論做中西交通史，或是早期的中國現代文學研究，都應該關注這些資料。雖然搜尋不易，但是可以瞭解當時人們對外國的想像，很有意思。

第二，生活在晚清的人們，面臨不停的政治動蕩，譬如太平天國創立、英法聯軍打進北京城、庚子事變爆發等。這種大的政治變動，導致無數人外出避難。逃避戰亂，使得生活在歷來富庶的東南沿海地區的民眾，與京城裡的官員，都有了很重要的生活體驗。

第三，過去是進京赴考，晚清開始辦新式學堂，學子們不能在本鄉本土獲得足夠的學術資源與發展機遇，於是，走很遠的路前去求學。到省城或京城讀書的人越來越多，這導致了晚清的文化人，眼光不再局限在小地方。這種遊歷直接影響其思想與趣味的改變。大家讀太平天國史事，會發現洪秀全的遊歷，對他創立拜上帝會有著影響。孫中山的故事更明顯，大家都熟悉。而康有為當年進京赴考，沒考上，路經上海時買了很多西學書，又經過香港，看了當時西方文明的視窗，回來後立志革新，尋求自己新的發展路向。

這些遊歷，可以說是晚清讀書人非常普遍的經驗。這些東西，落實在文學中，會出現一個問題，很多作家希望通過自己的創作，與小說中旅行者的眼光，來發現新事物，獲得一種陌生感和新鮮感。也就是說，晚清人或喜歡旅行，或被迫外出，因而晚清小說中也出現大量的旅行者形象。我想討論的是，小說中的旅行者形象，以及遊記筆法的滲透，如何導致了晚清小說敘事方式的改變。

## 一、啓悟主題與整體感

中國長篇小說與法國的古典主義戲劇不一樣，沒必要強調三一率，人物可以自由流動。反而是那種寫大家庭的興衰、小兒女的恩怨的，場景非常集中。像《金瓶梅》這樣的小說，其實是比較晚才出現的。中國小說中大都是秉持「花開兩朵，各表一支」的原則，不同時間、不同地點所發生的各種事情，完全可以由說書人的一張嘴巴密合在一起。也就是說，中國小說本來不太講究情景與人物的集中。場景的展開必須伴隨著人物的流動，這種思路是後來才有的。或者說，晚清「新小說」中，很可能一開始只是為了拓展故事，而促使人物上路。

所謂「新小說」，是指晚清至民國初年，接受一點西洋小說的技巧，然後依然保持中國傳統的敘述方式的那種半新不舊的小說。例如，其中有一本《九尾龜》，裡面的主人公姓章，叫章秋穀，他之所以遊歷各地，是為了比較各地妓院的差異。這樣一來，寫完天津的，不夠，再寫南京；還不夠，再寫上海。在這人物流動的過程中，最早只是為了展現各個地方不同的生活情景，或者說只是為了拓展表現的生活面。但有些小說家不滿足於此，在旅行中不僅改變了場景，也改變了人物的命運與生存方式。這樣的話，漫長的路途，也就成了心靈的旅程。旅行者置身於一個陌生的世界，可以觀察、思考、分析、感受，並因此獲得某種人生的感悟。大家都知道，長期生活在一個地方的人，到了一個新的地方，會有新的感悟。所以，旅行者獲得一種新的生活經驗，同時暫時擱置已有的思維方式，從一個新的角度來思考生命和生活的意義。這一點，不只是「晚清」小說，好多西洋小說也有類似的特點，譬如十八世紀的教育小說、早期的流浪漢小說，或者我們所謂的啓悟小說、成長小說等，都是如此。

所謂成長小說、教育小說，當然是講一個人心靈的成長。但是仔細分析，你會發現，成長小說往往與人物的生活場景變遷有直接的聯繫。或者說，教育小說家有意無意地接受了早期流浪漢小說的一些特點，就是驅使人物上路。可以說，「上路」是這些小說完成敘事很重要的契機，既展現豐富的生活場景，也讓人物的心靈得以成長。武俠小說中的「浪跡天涯」，也是個很重要的情節設計。主角從一個受人欺侮的普通小孩，成長為替天行道的一代大俠，可能是在山洞中獲取祕笈，也可能是得到某位老道的指引，但還有個必備的關節，那就是浪跡天涯。在浪跡天涯的過程中，學得武藝，見識名師，同時培育心靈，這是武俠小說很重要的關鍵設計。而這，與教育小說、成長小說，以及晚清的新小說的敘事方式，有相通之處。

對於小說家來說，「在路上」是一個很重要的狀態。我推薦一本吳趼人的小說，叫《上海遊驂錄》，這本書專門講一個男人，因為家鄉發生戰爭，流離失所來到上海。他在上海時，決心好好接受新學，要文明，要革命。在這過程中，他用自己的眼睛來觀察晚清上海的各行各業，包括當時的革新家，所謂的「文明人」，看他們是怎樣生活的。很可惜，在此一過程中，他看到的只是官場的黑暗，而革命者也沒有什麼人格魅力，在中國找不到希望，最後只好到日本求學去了。整部小說都是以他為視角，來觀察並討論晚清上海的各種人物及社會現象，同時，藉以表達作者對時局的見解。在敘事技巧上，這本小說很特別。

過去的旅行，面對的是千山萬水；現在山水隱去，場景轉為城市。也就是說，以前的旅行是在山水之間，現在則是在都市叢林中。進入城市後，閱盡世間萬象，在此過程中，對生活、對自我、對所謂的文明，其想像方式發生很大的變化。所以，小說會出現各種各樣的聲音，目的是想通過主人公在上海的「遊馨」，來獲得一種生活體悟。跟古代小說家的「上路」略有不同，晚清作家寫小說的目的，很大程度上是為了找出救國救民的路子，因此，其關於旅途的描述，會夾雜一大堆的政論。

李伯元的長篇小說《文明小史》，寫賈家三兄弟到上海遊歷，看到很多假維新的把戲，其中穿插各種笑話，譬如說，所謂學會了西洋文明，主要體現在吃飯時懂得如何使用刀叉；去了一趟西洋，終於發現一大奧祕，原來東半球跟西半球不一樣，那邊黑夜這邊白天。主人公在路上不斷發現各種老掉牙的「新知」，十分得意，還夸夸其談。這與我所說的「啓悟」，當然不是一回事，那是一種反諷。

有兩部小說真的將敘事、旅行與啓悟三者結合在一起，一部是蘇曼殊的《斷鴻零雁記》，另一部是劉鶚的《老殘遊記》。念中文系的同學應該都讀過《老殘遊記》，對於劉鶚也有相當的認識。至於蘇曼殊，他是廣東香山人，由於母親是日本人，身世不明，有難言之隱；出家當了和尚，又不願在寺廟中枯坐，於是雲遊四方。在這過程中，他結識了各種人，包括章太炎、陳獨秀等著名的革命黨，後來寫詩寫文寫小說，還畫畫、翻譯外國文學，是晚清一大奇才。前面幾講談過「晚清的魅力」，我特別表示對他的欣賞。民初，尤其二、三〇年代，學校的女學生很多喜歡他的詩，「恨不相逢未剃時」。當然，事過境遷，也有被忘記的時候。我們今天看他的詩、文、小說、繪畫，還有他一生的奇聞軼事，依舊回味無窮。郁達夫說過，蘇曼殊的小說很有名，但他的詩比小說好，他的畫又比詩好，而這裡面最好的，是他這個人。真正讓那麼多人癡迷的，其實是他的為人。中國難得出現這樣擺脫一切束縛的「真人」。這種人物，將他的生活經驗用小說的形式表現出來，就是我們今天看到的自傳體小說《斷鴻零雁記》。

小說中的三郎，遠遊的目的是為了探母，歸來則是為了給未婚妻掃墓，都是一個不同於以往的旅行過程。作為一個和尚，托缽化緣，雲遊天下，瞭解未婚妻雪梅如何堅貞，到日本找到自己的生母，又見識了表姊靜子的清高脫俗。儘管後者再三對他表達愛慕之情，但這時三郎已經出家，只好一次次斬斷情絲。用「斷鴻零雁」這個意象，來表示所謂的「方外之人，有難言之恫」。而這樣的敘述模式，其實是佛經故事中常見的，即在成為聖人的過程中，必須接受各種各樣的考驗。關鍵時刻，佛性大放光芒，讓你從各種可怕的誘惑中掙脫出來。小說中插入了很多人間煙火，三郎憂心如焚，憂生憂死復憂道。在這個由尋找生母到尋找未婚妻墳墓的旅行過程中，主角一步一步啓悟，如此描寫，確實是把旅行和啓悟合而為一。

老殘也是個悟道之人，不過，他的遊歷不是為了尋求答案，而是為了傳道。老殘所到之處，常冒出許多玄言哲理。小說中的玄言哲理，大多出自老殘之口。老殘是個郎中，遊歷四方，替人家治病，同時不斷給人家提供一些至理名言，正可謂「醫身」又「醫心」。除此之外，老殘在小說中還有一個功用，那就是把各種各樣的人物送到悟道之人身邊，迫使他／她聽道。也就是說，老殘之到處遊走，還有一個重要目的，那就是把各種各樣尚未悟道的人，送到得道之人身邊，讓他們代表讀者「接受教育」。作者沒這麼說，這是我自己體會出來的。小說中的描寫很巧妙，但其基本思路，讓老殘扮演「傳道者」或穿針引線的腳色。總之，旅行和啓悟這兩大主題，是密不可分的。「在路上」，對於小說中的人物來說，是一種藉山水旅遊來體會人生、獲得啓悟的重要狀態。有了這種穿針引線的人物，小說變得容易結構多了。作為小說主人翁，旅行者將滾落一地的散珠串起來，既完成小說的「整體感」，又實現了啓悟主題。

## 二、補史之闕與限制敘事

這節課，我主要討論的是旅行者敘事功能的第二面向——補史之闕與限制敘事。關於這兩個概念，大家應該都再三見識過了。限制敘事相對於全知敘事，而補史之闕，則是中國文人寫作的一個重要目標。這兩者如何在旅行者的敘事裡體現出來？旅行者在一個風雲變幻的年代裡面，他可能成為歷史大事的目擊者，也可能成為社會變遷的見證人，整個時代在變遷，各種事件不斷湧現，而旅行者更能感受到這一點。由於旅行者的這個功能，再加上我剛才所說的，中國文人特別喜歡談及他們「補史之闕」的宏偉目標，所以，小說家很可能是從這一角度，驅使人物不斷上路。

看晚清小說，可以明顯發現，傳統中國小說敘事的標誌性特徵正在一步一步消退。你會發現，沒有了楔子，沒有了對偶的回目，沒有了「有詩為證」，而接下來，「欲知後事如何，且聽下回分解」也丟了，小說就這麼一步步變過來。原先那個全知全能的說書人，正逐漸消失；而說書腔調的消失，是中國小說跨越全知敘事的一個重要步驟。大家知道，今天我們會說，全知敘事不真實，但它有一個很方便的地方，那就是提供廣闊的生活場景，而且可以「花開兩朵，各表一枝」。取消了這種全知敘事，轉而使用限制敘事，獲得的是真實感。我們會發現，即使明知小說本來就是虛構的，可十九世紀末、二十世紀初以來，小說家選擇更能產生「真實感」的限制敘事（包括第一人稱或第三人稱）的，越來越多。

追求真實感，在中國小說裡面，可能變成以史實為本來構思小說，也可能插入各種名人的軼事，或夾雜社會新聞等，目的都是營造一點真實感，增加一點權威性。如何用敘事技巧將這種權威性和真實感落實呢？最可能的是使用限制敘事：第一，用一人一事作為貫穿線索，這一點上節課已經提到了；第二，不是用一個人串起情節，而是用一個人的眼睛來觀察整個世界，譬如說，《二十年目睹之怪現狀》、《冷眼觀》、《鄰女語》等，都是力圖把故事限制在敘事者的見聞視野中，當然有可能顯得勉強，可這起碼獲得了一種統一性。

這不僅只是引進一種敘事技巧，而且是一種觀察人物、思考問題乃至體味世界的特殊視角。正因為這個視角牽涉的面很廣，有結構、人物、故事等，所以引進的時候會很艱難。在一系列的東西小說對話中，這種限制敘事逐漸開始擴大影響，可也在不斷地磨蝕它的稜角。就像川菜進了北京，就不如四川那麼辣；如果到了上海，甚至還會變得有點甜。同樣道理，西方小說的各種敘事技巧進來了之後，只要有人模仿，就會逐漸做些調整。為什麼必須這麼調整，是基於當時小說家矛盾的心態，一方面追求歷史視野，一方面追求藝術價值，這兩種不同的趣味，使得小說家在使用限制敘事時必須有所改造。

我所說的追求藝術價值，是因為晚清小說家終於明白：改用限制敘事，可以使得小說結構精巧，而且獲得某種真實感，有利於小說藝術價值的提升。可另一方面，小說家感覺到，增加了這些限制，敘事人不再無所不知，那麼它所展現的社會生活面就會大為縮小，補史之闕這一崇高目標也無法實現。也就是說，限制敘事有利於真實性的獲得，但是限制敘事可能失去廣闊的生活場景。在晚清人看來，藝術價值與歷史視野，很可能就像魚與熊掌那樣，很難兼而得之。從原先統一的說書人腔調，到小說中千姿百態的敘述者聲音，這種變革是相當大的。但是，在這個變革過程中，主要是靠旅行者的形象，來建立一個統一的敘事角度，以便能更好地描述廣闊的社會生活場景。同樣是限制敘事，可以像《斷鴻零雁記》那樣，逐漸走向內心；也可以像《老殘遊記》那樣，在獲得旅行記所具有的流動性以後，更強調廣闊的社會生活面。用我的話來說，一個走向內心，一個走向社會，二者憑藉的，都是「旅行」這個手段。

我現在要著重考察的是，作家如何協調作為小說主角的這個旅行者，他和歷史事變、名人軼事之間的矛盾。我提醒大家注意，晚清小說中的第一人稱敘事，敘事者「我」大多是配角。也就是說，敘事者講述的是「我」的見聞，以及「我」的朋友的故事，而不是「我」自己的故事。我統計了晚清四大小說雜誌上，共有三十六篇第一人稱敘事的外國小說譯作，除一篇例外，其他小說中的「我」，全都是配角，都是講「我」看到、「我」聽到、「我」遇到的故事。這是因為，在中國古代文言小說中，「我」作為敘事者，也都是記錄見聞。或者說，「見聞錄」本來就是中國文言小說的一個重要傳統，所以晚清人很容易接受西洋小說中的第一人稱敘事，不過僅限於講述他人的故事。

選擇旅行者「我」作為小說的主角，其主要功能是提供盡可能開闊的生活場景。《二十年目睹之怪現狀》、《冷眼觀》這些小說，有一個共同點，就是描述「我」在各個地方遊蕩。這個「遊蕩」，作為一個敘事框架，可以接納無限多的故事。所以這種小說，理論上是永遠寫不完的，而實際上，這些小說也往往半途而廢。之所以沒有寫完，有各種特殊變故，或者作家生病，或者雜誌停刊，或者讀者沒興趣了。這樣，小說的寫作，也就停了下來。不過，沒關係，這樣的小說，無所謂頭尾，因為它不是一個封閉的結構，隨時可以停頓，也隨時可以接續。

剛才說了，這種敘述方式，骨子裡是很舊的，也就是中國文言小說「見聞錄」的傳統。僅僅是引進了第一人稱「我」作為敘事者，而使得小說獲得一種表面的整體感，因為所有小說裡呈現的東西，都是「我親眼看到」的，這一敘事本身，在藝術突破上，意義不是很大。但有一個好處，這種「見聞錄」，可以容納無限多的生活場面，也可以達到補史之闕的目的。所以《二十年目睹之怪現狀》中說，我這一輩子，應世二十年中，只見到三種東西，蛇蟲鼠蟻、豺狼虎豹、魑魅魍魎。因此，我的小說就只能寫這些。《冷眼觀》第十四回中說：「官場中的笑話，真是千奇百怪，說三年也說不完。」因為世事千奇百怪，永遠說不完，所以小說可以永遠寫下去，只要那旅行者還在，小說情節就可以持續發展。當然，即使是再有本事的旅行者，也不可能每天都親眼目睹「怪現狀」。這時，旅行者會用一個補充的手段，來完成小說敘事，那就是「講故事」——或者旅行者講，或者旅行者聽別人講。在《二十年目睹之怪現狀》中，主人公九死一生不時掏出一個筆記本，記錄聽到的笑話和軼聞。《冷眼觀》呢，別人剛講了一個故事，主人公馬上接著說，等一等，我也有一個笑話或故事可以補充。這樣，你來我往，故事套故事，小說可以永遠寫下去。大家會馬上聯想到《十日談》、《天方夜譚》等框架故事或框架小說。只要有一個人啓動講故事的機制，就可以一直講下去。大家可能聽過這麼一個笑話：從前有一座山，山上有一間廟，廟裡有一個和尚，和尚每天都在講故事；和尚說，從前有一座山，山上有一間廟……就是這麼一個框架，可以不斷繁衍。有了旅行者，有了講故事的框架，就可以不斷地往下說。

假如是第三人稱限制敘事，情況就會有所變化，會變得複雜得多。但是，你會發現，晚清小說家往往無法把第三人稱限制敘事貫穿到底。譬如《鄰女語》，大家光看書名，就會知道那是指隔壁的女人在說話。用這樣的方式寫小說，也很妙。小說的主人公金不磨，變賣家產，北上賑災，一路上有各種生活見聞。譬如住在客店中，聽到各種女性在談論北方如何悲苦，義和團又是如何可怕。不是當面聆聽，而是用隔壁女人講故事這樣的方式，引入各種聲音，盡可能體現廣闊的社會視野。當然，若隔壁女人講不下去，或者作者另有所謀時，小說也就很容易跑題了。

晚清小說中的第三人稱限制敘事，寫著寫著往往跑題，因為作者想說的太多了，忍不住岔開去，插進別的話題。好在作者的立意是，展現廣闊的社會生活場景，再加上美人壯士馳騁其間，這樣就行了。這種小說結構，也就是林紓所概括的「拾取當時戰局，緯以美人壯士」。這種表現技巧，也會出現問題，就是剛才說的寫著寫著就跑題。為什麼？因為有那麼多重大的政治事件及歷史場景，寫了這個，丟了那個，怎麼辦？林紓有辦法，他的長篇小說《劍腥錄》，希望展現八國聯軍長驅直入北京城這一重大歷史事件，故事千頭萬緒，全部納入主人公邴仲光的眼裡，那是不可能的。一方面是八國聯軍的軍事舉措，另一方面是一介書生在京城中的遭遇，二者怎麼連貫，如何協調？林紓的辦法是，不斷有人前來通風報信，這樣就把城裡城外發生的事情相勾連。為什麼要這麼寫？作者在此書的第三十二章中解釋說：如果我寫的跟歷史一樣，那沒有存在的必要；但如果我寫的跟歷史完全不一樣，那我小說的價值何在？像這種變幻莫測的世局，我只能以一人作為貫串線索，否則沒有綱。但單是這麼寫，又得捨棄很多好材料，不甘心。於是，我又借用史家編年之法，列舉當時的大事，然後歸到主人公這兒來。一方面是有一個人做貫穿線索，小說才能有結構；另一方面，盡可能完整地呈現這重大的歷史事件，那是我寫作的目的。不管怎麼說，我都得想盡一切辦法，把線索最終歸到主人公身上。所以，林紓的小說中，不斷注明各項消息的來源。你問他主人公怎麼知道那麼多事，他辯解說，邴氏人緣好，交遊廣，因此不斷有人前來通報最新消息。

使用這種笨拙的方式，將京城中的大事，最後全都被納入敘事者的視野裡，這種技巧，就小說藝術而言，意義不是很大。但你必須理解，作家為什麼這麼做？我想是這樣：作家選擇了剛引進的第三人稱限制敘事，但又感到不太滿足，因為它與傳統文人補史之闕的願望相違背。因此，既求「真實」又想「補史」的小說家，就只能採取變通的辦法，以一主人公的遊歷貫穿全書，同時提供各種線索，使其得以聽到、看到、瞭解到各種各樣的事件與場景。

## 三、引遊記入小說

晚清小說在變革的過程中，一方面受到西方小說的引導，一方面從傳統詩文中學習技巧。一種文體在從邊緣走向中心的時候，它可以吸取周圍各種文體的特點。小說本來是一種邊緣性的文體，可是突然間被提升為「文學之最上乘」，因此，在向中心移動的過程中，很自然地，吸取了其他文體如詩文、遊記、筆記、日記等因素。這其中最值得關注的是，遊記作為一種文類，是怎麼進入小說的。藉助於主人公的旅行來敘事，容易獲得小說的整體感。但是，假如引入遊記不只獲得整體感，還獲得一種敘事技巧，那更值得大家關注。剛剛說了，「見聞錄」乃中國古代文言小說的傳統樣式，晚清小說家將其與西洋小說的第一人稱敘事結合；可遊記入小說還有另一種方式，那就是把整個故事納入主人公的視野之內，形成了我所要討論的第三人稱限制敘事。

遊記是中國歷代文人所特別看重的文體，騷人墨客都會從事遊記的寫作，而新小說家像梁啓超、林紓等人，也都寫這種東西。而且，他們撰寫文論，也都強調遊記的重要性。但晚清最精采的，不是公開刊行的文學遊記，而是隱藏在日記或小說中的遊記。用日記體記遊，我強調的是晚清官員的出使日記。譬如說薛福成，他是後期桐城派的幹將之一，出任過駐英法等國的特命全權大使，他出使時寫的日記，講巴黎、倫敦的日常生活，講他閱讀的新書，講參觀蠟像館的感受等，這些都是「文章」，後來有些被選作語文教材。作為一個桐城名家，又是曾國藩的學生，薛福成的出使日記，不只記下其對於外國事務的觀察，還因其良好的古文修養，成就了許多很好的文學遊記。

還有一個文化史上的細節，必須跟大家提一下。晚清考察出使官員，從大臣到譯員，有一個基本要求，就是要會寫文章，為什麼？因為當時總理各國事務衙門有一個規定，那就是出使在外，要經常寫日記，回國後上呈，以便國內瞭解各國民情。這是最經濟、最精緻的情報。你看他們記得很仔細，而且非常精確，里程、人員、船砲等，鉅細靡遺地都有記載。出國回來以後，第一個任務，上交日記，以供總理各國事務衙門參考。說句玩笑話，這種日記，既是文化考察，也是間諜報告。晚清到中國來旅行的日本人，其中不少是間諜，他們藉助在中國旅行，記錄整理各種資訊，包括牧場、礦藏、河流、山峰等。早期中國官員到歐美去，也有類似的任務。因為是總理各國事務衙門要求上交的，出使人員記日記，特別用心，其中有些很有文學性，也很可讀。

另外一部分遊記，出現在小說裡。晚清的長篇小說中，有些片段，稍微裁剪，就是很好的遊記。譬如《老殘遊記》，就有這種意味，不少章節可以當作遊記讀。一九〇三年，劉鶚給自己的《老殘遊記》寫評語，說「第二卷前半，可當〈大明湖記〉讀」。又說後面描寫濟南名泉的，「可當〈濟南名泉記〉讀」。而實際上，這些章節，確實後來也多被選入中學語文教材。遊記除了記行程、發議論外，還有更重要的功能，那就是錄見聞、撰山水、記人事。小說中對於山水的描摹，有個特點，不是固定靜止的視角，必須隨旅人的足跡與眼光移動，很像是在觀賞中國山水畫長卷——若是以固定的視角閱讀，它的透視有問題；你必須想像，自己是在裡面遊走。長卷裡不只是山水，還有旅人，這個旅人在行走，你沿著設想中的旅人足跡，眼前的風景逐漸打開。這是欣賞中國山水畫的必備條件，而閱讀中國遊記，也是這樣的。遊記作為一種描述山水的文體，它不同於方志，要求所有山水的展現，要追隨人物的足跡。這一點，在中國古代，並不少見，譬如大家熟悉的〈桃花源記〉。而清代很多文言短篇小說，也是用記遊的方法寫成的。可是章回小說不一樣。傳統中國的章回小說中，偶爾也會出現山水，但多是直接的、正面的描述，並不帶入人物的腳步和眼睛。唯一的例外是，《水滸傳》中，林沖推開山神廟大門，看見漫天飛雪，於是說了句：「好大的雪啊」——這是隨著旅人的眼光而出現的山水。一般情況下，傳統章回小說並不這麼寫，其關於山水的描摹，或藉助詩文詞句，或直接呈現，而不必假借旅人的眼光。

剛才我說了，這種以男女情事作為貫穿線索，來展現廣闊的社會面貌，這古已有之，譬如戲曲中的《桃花扇》。以一個人穿針引線，連綴起眾多故事，這點明末清初才子佳人小說用得很巧。我要說的是，晚清小說將這兩個書寫傳統結合起來。一個是引遊記入小說的傳統，另一個是以一個人作為貫穿線索，展示廣闊社會面貌的傳統，這兩者合成了晚清小說的限制敘事。這種限制敘事的格局，有什麼具體的表現方法，我想談下面這三點：

第一點，不再是人物呆坐家中，「花開兩朵，各表一枝」、從天南說到海北，而是驅使人物上路，不斷獲得見聞。或者說，主人公一定要上路，這樣，所謂「獲得見聞」，就是很自然的事。這個「見聞」的出現，是隨著旅人的腳步而轉移的。濟南到底發生了什麼事，我不管，只有老殘到了濟南，那事才能被關注，才能進入小說家的視野。也就是說，旅人腳步的存在，使得整個小說世界的呈現方式產生了變化。像《老殘遊記》、《上海遊驂錄》那樣，題目本身就告訴你，這寫的是遊歷。所以，晚清小說中的人物，一會兒北上，一會兒南下，跑遍了大半個中國。此前的章回小說家，很少像晚清作家那樣，如此確鑿地記載他們的行程，描述他們旅途上的見聞。有人或許會問：「那麼《西遊記》呢？」我的答覆是，《西遊記》中所描寫的西天路上，其「見聞」多屬於幻想性的；這與晚清小說依據風雲變幻的大時代，描摹大半個中國的城市、鄉村景象，還是很不一樣的。

第二，過去的說書人，在講述故事的過程中，也會穿插各種有趣的細節或情節，譬如女主人公準備出門，單是跨出門檻這個舉動，說書家就可以敷衍出一大篇，很可能說上兩天兩夜，那腳還沒邁過去。但這中間穿插的各種故事，並沒打亂原先的敘事線索。晚清小說做了個大膽的修正，給各種穿插故事加了一個限制性條件，那就是，假如這個故事想進入小說，那必須是作為主人公的旅行者所親眼看到或親耳聽見的。以前可以隨意插進故事，但現在不行了。敘事者不再全知全能，必須經常面對這樣的追問：這事你怎麼知道？你可以說，這是我聽到的、看到的，或者是收到別人的信、撿到別人的筆記等。但無論如何，總要讓人知道，我的消息來源是可靠的。這樣一來，你就沒有辦法完全撇開這個旅行者，所有的故事，都或多或少地跟作為敘述線索的旅行者有關係——是他看到、聽到或讀到的。

第三，小說的主要人物，這個旅行者，往往不是作家所要著力表現的歷史事件的當事人，而是旁觀者。因為作家想要表現盡可能廣闊的歷史場景，當事人的見聞反而有限，不及作為旅人的旁觀者。這個旁觀者，不是困守家中，而是置身旅途，耳聞目睹各種奇人怪事，因此成了大時代的見證人。

我剛才說的這三點變革，使得晚清小說家很自信，認為自己的創作，超越傳統小說。像林紓說他的《劍腥錄》，或者曾樸談及《孽海花》，都自認為技巧上較《桃花扇》更勝一籌。原因是，他們認為，孔尚任寫《桃花扇》，是以李香君作為主角，如此必定多寫男女情事。而林紓筆下的郁仲光，或者曾樸小說中的傅彩雲，都不是大事變的主角，而是作為旁觀者，如此可以超越個人命運，更多關注歷史事件本身。

中國古代小說裡面，也會有景物的描寫，但一般來說，它不隸屬於人物的眼睛。而在晚清，引遊記入小說的結果，便是景物的描寫必須跟隨人物的眼睛。最典型的是《老殘遊記》中的遊大明湖和林紓《劍腥錄》中的觀超山梅花。為什麼說是引遊記入小說，因為劉鶚有一則遊虎丘的日記（乙巳年五月初九），林紓有一篇古文〈記超山梅花〉，拿來跟他們創作的小說相對照，真是異曲同工。無論是劉的日記還是林的遊記，其記錄遊覽描寫景物，都是移步變形——按照遊人的腳步來安排景物的出現，沒有一個俯瞰式的全景，而是走到哪，看到哪，景物一步一步呈現。為什麼強調這一點？是因為在小說《劍腥錄》中，仲光和太守同遊超山觀賞梅花，整個過程，和這篇文章一模一樣，只不過中間穿插了一個妙齡少女的出現，為日後故事的發展埋下伏筆，其他的，幾乎都一樣。而《老殘遊記》寫老殘遊大明湖，並沒有靜止地介紹大明湖的風景，而是寫老殘如何在鵲華橋下船，過了曆下亭，來到鐵公祠，在鐵公祠處看見對面如數十里屏風似的千佛山，低頭觀賞如鏡子一般的明湖，然後回過頭來看南岸的街市，轉過身去，才看到「四面荷花三面柳，一城山色半城湖」的對聯。你看，所有關於大明湖景色的描寫，沒有一個自然呈現的全景鏡頭，全是靠老殘的腳步，一步一景，既不提前，也不落後。這樣的敘述，既呈現了大明湖的風景，也寫出了老殘遊湖的興致。這是我所說的，同樣是介紹景物，小說不同於地方志的地方。

將小說中記遊的部分當作遊記來閱讀，或者說承認作家們是用寫遊記的方法來經營小說中的景物，這樣的選擇，要求敘事者約束自己的眼光。以旅行者的遊歷來做貫穿線索，可以固定視角，達到第三人稱限制敘事的效果。但這麼一來，往往是少見而多聞。因為旅行者畢竟「所見」有限，小說家想說的東西又太多太複雜，於是只好逼著他不斷聽人講故事。這種多聞而少見的敘事策略，留下來一個大問題，那就是小說中經常是描寫少而敘述多。我們知道，聽到的和看到的，是不一樣的。聽到的，往往是個梗概；而看到的是，則更為生動而且具體。你讓旅行者拉長耳朵，到處傾聽各種「鄰女語」，這樣小說的精采細緻的程度，必定大打折扣。所以，晚清小說家會講很多故事，但描寫、刻畫、鋪張能力有限。這樣一來，「長篇小說」很容易變成「短篇故事」的集錦。

## 四、旁觀民間疾苦

中國小說，在晚清以前，主要是講述兒女、英雄、神魔的故事。進入近代以後，則有一個大的變化。由於政治思潮的激盪，也由於西方小說的進入，小說家才開始關注平民百姓的日常生活。描寫民間疾苦、關心老百姓的日常生活，這在小說史上，是一個很大的突破。這其中有基於人道主義立場，屬於政治思潮的問題，但也有一些，則是出於小說敘事方面的問題。

清末民初的政治小說、譴責小說、偵探小說等，都會提到下層百姓的苦難，但主要著眼點還是講破案、講革命、反對纏足或吸食鴉片煙等，而不是以民間疾苦作為主要表現對象。但是，也有一些作家，開始有意識地集中描寫下等社會生活。這一點，其實是與英國作家狄更斯（Charles Dickens）小說的引進有關。最早注意到這個問題的，是我們一般認為比較老派的林紓。林紓最早提醒我們，關注狄更斯的小說，尤其是其擅長描摹下層社會的日常生活。在林紓看來，過去的文章，寫的都是忠臣孝子、義夫節婦、英雄兒女，而狄更斯掃蕩天下小說既成之格局，專為下等社會寫照。不是出於道德的考慮，在林紓看來，寫市井之事，能寫得如此長、如此精采，那是很難的。《紅樓夢》能吸引人，那是因為有名士、美人；《水滸傳》能吸引人，那是因為有英雄、俠盜。之所以說狄更斯了不起，就因為他不靠這些，專寫下等社會，而且是日常生活，竟能寫得如此波瀾壯闊，十分難得。以林紓自己寫作古文的經驗，他明白，「惟述家常平淡之事為最難著筆」。家常與平淡，這是最難寫的筆墨，因為缺乏戲劇性，很難吸引讀者。無論小說或是散文，都是如此。林紓甚至說，這樣的筆墨，在《史記》中都很少見到。《史記》的人物寫得很好，那是因故事本身具有強烈的戲劇性，容易寫。而像狄更斯《塊肉餘生述》（*David Copperfield*）這樣的小說，在平淡中寫出不平淡，「俗中有雅，拙而能韻」，實在令人驚嘆。

你們會問，林紓自己是否也這樣寫小說？事實上他沒有。他知道這種小說很好，但他寫不出來，因為他沒有那種對平淡生活的體驗與寫作的激情。其他小說家呢，偶爾會有一些。其實，反而是《禮拜六》這樣標舉消閒的雜誌上，發表了不少描寫下層社會苦難生活的作品。《禮拜六》是鴛鴦蝴蝶派的刊物，專門發表短篇小說，民國初年出版的。但這類小說真正引起世人的關注，而且大量出現，是在五四以後。民國初年，確實出現不少寫下層社會生活的小說，但關注的是其戲劇性部分，尤其是婚姻。不是說是休閒嗎，為什麼寫這些；這是因為，傳統中國文人，大都有「哀民生之多艱」的傳統。過去小說「不登大雅之堂」，可以不管這些；現在不一樣了，是「文學之最上乘」，必須負擔起社會責任。這樣一來，像杜甫〈石壕吏〉、白居易〈琵琶行〉那樣敘事，成了一種時尚。敘事者只有「暮投石壕村」，才得以目睹「有吏夜捉人」；因為「潯陽江頭夜送客」，才得以聽到商人婦的哭訴。因此，藉助旅人的遊歷來引出一些民生苦難場面，然後大發一通感慨，這樣的敘事，在清末民初小說中很常見，也容易被讀者接受。

之所以通過「錄見聞」來呈現民生疾苦，那是因為，寫作者本身不是受苦受難的百姓，必須遊歷，才能目睹這些生活場景。這樣的敘事，我們一方面對文人的良心表示讚賞，另一方面又對作家們滿足於扮演旁觀者的角色有所不滿。不管是杜甫、白居易，還是晚清小說家，他們都只是「旁觀」而不是「內在」於這個苦難。大部分的新小說家們，藉助旅行者敘事，旁觀民間疾苦。旁觀者對於他所耳聞目睹的受難場面，充滿了同情，但不見得有實質性的瞭解，因為他只是「偶然路過」，並不生活在這些苦難之中。很多晚清小說，都是藉助旅行者，講述一個大同小異的悲苦故事，然後加上一大堆痛心疾首但又不著邊際的評價。仔細讀讀，你會感覺到，作為作家替身的旅行者，和其觀察物件之間，是有隔膜的。他和民間疾苦之間，有一道藩籬，其實仍是隔岸觀火——一直到五四都是這樣。

五四小說家特別喜歡寫人力車夫，為什麼？這是他們最熟悉的勞動人民。當時的大學教授，不少人有包車，就像《駱駝祥子》寫的那樣。新文化人為了表示同情勞動人民，就寫身邊的人力車夫。這個時候，「我」作為一個旁觀者，和人力車夫所代表的民間疾苦，是有很大距離的。旅人來去匆匆，與受難者只是萍水相逢，自然不可能有深入的瞭解；而或自覺，或不自覺地外在於苦難，因此也就沒有切膚之痛。沒有讓人刻骨銘心的場景描寫，這是晚清小說藝術上最大的遺憾。

這種居高臨下的姿態，使得旅行者無法與受難者共同承擔苦難，更不要說反省苦難的根源。在表達同情心的同時，不自覺地流露出道德上的優越感。你看我多善良，這麼同情勞動人民！讀這一類小說，你能感覺到晚清以至五四小說家有一種高高在上的優越感，因此，真誠，但又顯得淺薄。不是虛偽，而是因為各自生活處境不同，不可能真正進入表現對象的生活及精神世界。

一方面，我說作家和表現對象之間，存在一層隔膜；但另一方面，在具體的敘事技巧上，我又嫌小說家過分認同了小說中的敘事者，沒能做到「旁觀者清」。讀小說的人都明白，小說中的「我」，不等於作家本人；小說家有可能藉助於敘事者，對於其敘述的事件與人物，既認同，又間離；既同情，又反諷。晚清小說的問題在於，敘事者和表現對象之間，存在著隔膜；作者和敘事者之間的距離，又沒有得到應有的重視。在思想層面上，小說家沒有辦法超越敘事者，缺乏自我反省的能力，這是個問題。該熱心時，沒能全身心投入；該冷眼時，又沒能獨立思考。因此，晚清新小說中常見的「旅行者」旁觀「民間疾苦」這一設計，沒有取得應有的藝術效果。

我們說小說家不太理解下層百姓的日常生活，只靠偶遇、見聞、旁觀，那顯然不夠。但假如能很好地利用作者與敘事者之間的縫隙，本來是可以變出許多花樣的。作為小說人物的旅行者，不等於敘事者；敘事者更不等於作家本人，這裡面，有很多技巧可以展開。可惜晚清小說家太老實了，在這三者之間，幾乎劃上了等號。作家將自己的政治思考及價值判斷，直接交給了小說人物——尤其是作為貫串線索的旅行者，這樣一來，直挺挺的，沒有任何迴旋的餘地，小說也就顯得過於直白，用那時候的話來說，就叫「開口見喉嚨」。

第四講

# 晚清翻譯小說

二〇〇三年十一月十三日

顧明和／記錄

這堂課的內容跟原先預訂的課程進度有些不同，原因是後面有一講是關於教科書的功能及其嬗變，對各位而言，專業性太強，所以我把它取消了，另外補上對這裡的學生需要補的課：晚清的翻譯小說。

前面提到過，晚清和五四兩代人談文學，都認為是受到西洋文學影響，甚至否認自己與傳統文學的聯繫。我對這個說法做了一些調整，認為他們其實也與傳統中國文學有關聯。但我承認，二十世紀中國文學發展的原動力，主要來自西洋文學的誘導和榜樣。這點不必進入大學課程，單憑直覺也可以感受到。但是我想請各位注意以下幾點：

第一、不同文類受西洋文學的影響有不同。散文小品，基本上是傳統中國文學的延續。二、三〇年代，胡適、魯迅都提到一個問題：五四以後文學變革中承繼最多，變動最小的是散文；小說、詩歌、戲劇變化比較大，但成就不見得比較高。這是因為現在我們說的小說跟傳統所說的小說不同，現在我們講的戲劇，很大一部分指的是從西方介紹進來的話劇，詩歌裡面的現代白話詩也是西方的。這等於說，晚清的小說、詩歌、戲劇這三種文類受西洋文學影響很深，相對來說，散文保持了比較多的傳統面貌。這是我想提醒諸位的第一點。

第二，我們今天對西洋、東洋文學的接受，很大程度受翻譯的影響。翻譯家的理解、趣味、表達能力，直接影響到我們今天對西洋文學的想像。絕大部分中國人無法直接閱讀外國文學（甚至專業作家也一樣），外國文學有很多語種，所以，很多評論家閱讀的其實不是外國文學，而是外國文學的中譯本。我們經常聽某人說，特別欣賞泰戈爾（Rabindranath Tagore）的文章，或者有人覺得羅曼羅蘭（Romain Rolland）的文字很漂亮。我說，這不是羅曼羅蘭的文字，是傅雷的文字。今天的小說家、散文家所說的文體，很大程度受制於翻譯家，甚至學界也是這樣。我們讀佛洛依德（Sigmund Freud）、傅柯（Michel Foucault），其實也受翻譯家影響（即便是能說外文的人也不例外）；二十世紀中國人所接受的外國文學，其實都是中譯本。

第三，在文學交流中有一種不平等的狀態，強勢文化流向弱勢文化是順流而下，浩浩蕩蕩；弱勢文化回流是逆水而上，像鯉魚跳龍門一樣，非常艱難。中國和西方的文學交流其實是不平等的。兩年前柯林頓（Bill Clinton）到北大，跟北大學生座談，有學生提了一個問題：美國人的眼光明顯不如中國人，中國學生對世界的瞭解遠遠超過美國學生。美國學生的關注是以美國為中心，所以他們所知道的絕大部分是關於美國的事情；而很多中國學生對外部世界充滿好奇，所以能夠談美國歷史、人物、文學，甚至景點，如數家珍，可是一般美國人對中國瞭解甚少。這不能怪美國人，而是文化交流中不平等的表現。越是後進的國家，越希望打開眼界，瞭解世界；越認為自己是世界中心的國家，眼光越可能僅限於自身，所以看新聞就會發現，美國新聞的眼界最小。在日本看電視，日本新聞報導完還會報導一些歐美大事，相對來說，中國因為還在努力想瞭解世界，所以外國新聞比美、日都要多。這是文化交流的不平等，不是說北大學生用這來批評美國學生。而我的願望是有一天中國也能像外國一樣，認為中國自身的問題非常重要，如此就不會有所有學生每天看美國報紙，關心美國發生了什麼事。我所說的不平等，就是這一百年中國和外國文化交流的狀態。

今天要談的問題是對「域外小說」的接受。魯迅和周作人在一九〇九年出版了一本《域外小說集》，比起現在的很多說法，「域外」其實更適合稱呼中國以外的小說。當說「外國文學」時，我們心中很容易就想到英美文學。「域外」小說包括了中歐、印度、日本等所有中國以外的小說，域外小說對二十世紀以降的中國文學產生了很大衝擊，在對話過程中有接受也有誤解，既是傳遞也是再生產。我今天想說的，就是晚清那代人如何經過翻譯域外小說來自我實現和更新。

## 一、開眼看世界

晚清中國作家對待域外小說的態度，大體上是從漠視到消極接受，再到積極模仿。所謂漠視，就是根本視而不見，不是反對。晚清以降的中國作家，基本上沒有反對過西方小說，只是一開始視而不見，後來有所接受，到最後則積極借鑑，這個過程和西洋文化進入中國的過程是相對協調的，但是速度慢了五十年。

一八四〇年鴉片戰爭以後，有一些學者，如林則徐，主持《四洲志》，魏源主持編撰《海國圖志》。而中國作家開始對西洋文學感興趣，大約在此後半個世紀。一八四〇至一八九〇年間，中國人在政治、物理、化學、法律等方面開始接受西方經驗，但在文學上的速度要慢很多。一開始，中國只對西方的軍艦大砲感興趣，後來對他們的機器、物理、化學等格致之學感興趣，再後來對他們的法律制度感興趣，最晚才是文學。有很長時間，中國人認為自己別的不行，難道連文學都不如西方？一九三〇年代，錢鍾書從英國留學歸國以後，他父親的朋友陳衍（晚清著名詩人）問他到哪裡，他回答到英國讀文學。陳衍說：你太可惜了，花那麼多錢走那麼多路去讀文學，文學咱們有的是，而且怎麼文學還必須向外國人學習？到了三〇年代，還有這種思路。

由此可見，很長時間裡，中國人認為別的不行，道德文章中國卻是有的。所以格致之學（或者這方面的職業）的接受率快得多，政治制度是第二層面，第三層面才是美學、藝術、文學。我們看西洋文學在中國的翻譯，就會發現，一八四〇至一八九六年能夠找到的寥寥無幾，現在能看到的，大概只有《伊索寓言》（*Aesop's Fables*）、華盛頓・歐文（Washington Irving）的《一睡七十年》（*Rip Van Winkle*）、綏夫特（Jonathan Swift）的《格理弗遊記》（*Gulliver's Travels*），還有班揚（John Bunyan）的《天路歷程》（*The Pilgrim's Progress*）。《天路歷程》於一八五三年就被翻譯成中文，以後有各種方言譯本，如廈門話、廣州話等，可能是最早被翻譯的世界文學名著。我到台灣以後，發現這裡《天路歷程》至少有十五種不同的譯本。這本書進入中國一百二十年以後，才被作為文學名著而廣泛傳播，此前只是作為教會讀物。和《天路歷程》命運截然相反的是《百年一覺》（又名《回頭看紀略》〔*Looking Backward, 2000-1887*〕），它於一八九一年被英國傳教士李提摩太

（Timothy Richard）譯成中文，後來對戊戌變法產生影響。這是一本烏托邦小說，講一個人一百年後活過來，突然間發現這個世界的人際關係、法律制度、日常生活都不一樣了。這種「未來記」直接影響到後來梁啓超的《新中國未來記》，以及晚清很多幻想未來的小說。《百年一覺》在西方文學史上不算重要的作品，卻在中國發生了重大影響。《天路歷程》作為西方文學史上重要的作品，而晚清以降將近一百年，基本上不發生影響，這是很值得注意的。

討論這個問題，必須思考晚清有可能接受、介紹西洋文學的，是些什麼樣的人。第一種是走出國門的外交官和旅行者，第二種是留學生，第三種是各出版機構的譯員。中國第一次向外派使團是一八六八年，當時清朝政府有規定：凡是出外的使節及祕書都有記日記的義務，要盡量詳細介紹他們的遊歷和閱讀，回國以後呈給總理衙門，提供關於外國的訊息。我讀了很多這一類日記，他們的共同特點是關注實業，到目前為止，還沒看見他們閱讀外國小說的感想。一八七八年出使的曾紀澤，在日記中有一條寫的是關於讀外國小說，但是不知道看了哪一部，也不知道有什麼感想，因為當時使館認為這不重要。所以，在國外的人可能讀外國小說，但是並不認真記錄。當然絕大部分的駐外使節其實沒有能力讀外文小說，平日靠的是譯員。

接下來我們看第二種人：留學生。剛才說，一八六八年第一次派出使節，而第一次派遣留學生是一八七二年。其中，留日學生增加速度最快，一八九六年是十三人，一九〇六年全中國派往日本的留學生大約一萬人（公派）。這麼多人去國外以後學什麼？如果是公費留學生，由政府決定他的學習科目，並且不允許自己改變專業，因為回來要為國家服務。有實際的需要，才送公費留學生出國，因此沒有人出去學文學，最多的是學自然科學，其次是法律、政治。文學作為沒有實用價值的知識，根本不需要派留學生，所以晚清出國學文學的都是自費。你會發現，連梁啓超這樣開明的政治家，一九〇二年還有一篇文章叫〈敬告留學生諸君〉，說：「今諸君所學者，政治也，法律也，經濟也，武備也」，這些是最重要的。至於文學、哲學等沒有當務之急的學問，最好不要浪費時間，回國後對國家沒有用。這就是為什麼晚清派出去的留學生對將來的翻譯沒有太大貢獻。在國外念書的人不翻譯，翻譯文學的人，都是沒有機會出國念書，甚至不太懂外文的人。因此，晚清的思想界、文學界對於西洋文學的介紹總是破碎、膚淺、籠統，這是梁啓超在《清代學術概論》中對晚清思想界的評價，因為真正受訓練的留學生不介入，只靠國內外熱心的青年來翻譯。

第三種人是譯員。當時國內從外語學校、大學出來的專業人士，他們在做什麼？這個問題可以從當時三個翻譯機構說起：京師同文館（創辦於一八六二年，是最早的西式學堂）、上海江南製造局（成立於一八六七年，主要是造船槍砲，同時也譯書）、廣學會（創立於一八八七年，是在華傳播基督教的團體，主要翻譯宗教書籍）。這三個是晚清最主要的翻譯機構，翻譯很多書，卻極少翻譯文學著作，除了廣學會翻譯了《百年一覺》這一烏托邦小說外，其他都是介紹政治、法律，以及製造工藝等格致之學。可以說，晚清的各路人馬中，懂外語的基本上都不認真介入翻譯文學的行業。

晚清翻譯家們從什麼時候開始關注文學？戊戌變法是一個轉機。它使當時中國的讀書人感到靠軍艦大砲改變中國的策略有問題，由此導致了一八九四、九五年的海戰全軍覆沒。法律制度、文學藝術的介紹與出現，都是從這個線索推出來。一開始，關注文學其實也是有政治目的。梁啟超「欲改良群治，必自小說界革命始」的思路，使得一八九八年以後開始出現比較多的西洋文學翻譯。我舉三個有影響的作品，恰好對應三種小說類型：一八九六年，《時務報》上發表了歇洛克・福爾摩斯（Sherlock Holmes）的偵探故事；一八九八年，《清議報》上梁啟超翻譯介紹了《佳人奇遇》這部日本政治小說；一八九九年，林紓翻譯了影響極大的小說《巴黎茶花女遺事》。這分別指向偵探、政治、言情三種不同的小說類型。假如再加上一九〇〇年翻譯的《八十日環遊記》（*Round the World in Eighty Days*）（科學小說），四種不同的小說類型接續進入中國。此後十年，西洋小說大量出現在中國讀者面前，各個小說雜誌都開始刊載西洋小說，甚至出現了十本小說中，八、九本都是翻譯的這種不正常的現象。今天統計晚清小說會發現，大概一半是翻譯作品。並且出現了一些很奇怪的現象，許多小說為了暢銷，作者甚至用外國姓氏，說是譯作，其實是寫作。晚清的一位狂士，寫了五種東洋小說，都署名東洋某某人著。問題是他不懂外文，別人追問他怎麼翻譯時，他才說是自己編的。他拿幾本外國歷史地理作參考，就開始編日本翻譯小說，因為外國小說比較好賣。在近代史上，曾經有五十年，中國人對西洋小說非常消極，不理睬；到了大約一八九六年前後，開始對西洋小說感興趣；到了一九〇〇年，已經開始出現翻譯小說比中國小說熱賣的情形。

此外，我們還必須說哪些小說被接受，哪些被遺忘，甚至說，哪些小說的什麼譯本被接受。一本小說有很多譯本，不同的翻譯所帶來的文學想像也不同。我在《二十世紀中國小說史》中做了一個統計，發現一八八〇年至一九〇六年前後，中國小說家所選擇的西洋小說大體上都不是名著——除了下面四本：第一本是《巴黎茶花女遺事》，翻譯自小仲馬（Alexandre Dumas Files）的《茶花女》，一八九九年出版；第二本《黑奴籲天錄》，翻譯自《湯姆叔叔的小屋》（*Uncle's Tom Cabin*），南北戰爭據說和這本書有直接關係，所以當時中國讀者特別激動；第三本《俄國情史》，其實就是俄國詩人普希金（Aleksandr S. Pushkin）的《上尉的女兒》（*The Captain's Daughter*）；第四本《薩克遜劫後英雄略》，就是《艾凡赫》（*Ivanhoe*）。這些是一九〇五年以前，所謂世界文學名著的翻譯。一九〇六年以後才大不相同，出現了到今天依然認為是世界名著的翻譯。

舉這例子是為了說明，第一，晚清的讀書人其實對外國文學並沒有專門研究，因為都不是留學生，也沒受過專業訓練，可以說拿到什麼小說就譯什麼小說。第二，這種翻譯很大程度根源於自己的文學趣味，不是根據西洋文學的地位。譬如莎士比亞（William Shakespeare）的戲劇很晚才翻譯進來，而且一開始譯的是《莎士比亞戲劇故事集》（*Tales from Shakespeare*），譯的是故事，不是戲劇。當時有批評家說：世界文學名著可能在A國很著名，在B國毫無影響；也可能在A國毫無名氣，到B國卻大受歡迎。諸位如果讀比較文學一定明白，比較文學不承擔把A國的文學原原本本介紹到B國的責任，這種介紹是一種流失，也是一種扭曲，但是同時也是一種再創造。進入中國語境中的莎士比亞、雨果（Victor Hugo）已經和原本不同，所以我們考慮的是中國人以什麼眼光來看待西洋小說。今天我們看一九〇七年以前的中國作家所翻譯的西洋、東洋小說，絕大部分是水平比較低的，可是這並不妨礙它在當年發揮的作用。如果一開始就翻譯世界文學名著，效果不一定好，因為當時的讀者未必接受。所以，在某種意義上，培養讀者跟培養作家一樣重要，只有高品味的讀者，才可能催生出高水準的作家。翻譯文學的選擇，很大程度受制於讀者的趣味，晚清這一代人主要是培養出一批對西洋文學有興趣的讀者，任務也就完成了。

我們今天來看，很多五四以後從事文學創作的人，都說當初是讀林紓的翻譯而對西洋文學感興趣的。但後來再回過頭來看，發現林紓的翻譯實在是譯得亂七八糟。不過沒關係，當年你是由此入手，而對西洋文學感到興趣，以後你會走出自己的路，所以，這其實是一個開眼看世界的過程。基於對西洋政治、法律、哲學、歷史、文學的瞭解，晚清的中國人，正逐漸開眼看世界。這一個過程，大概是半個世紀左右。走了這麼長的路，我們才對西洋文學有稍微像樣的瞭解，這其實是很不容易的。在這個意義上說，嘲笑晚清那一代人的「無知」，是不公平的。

## 二、意譯為主的時代風尚

翻譯一直是文化交流很重要的環節，而且本身具有某種獨立性，不只是把甲文化翻譯為乙文化這麼個簡單的過程。翻譯首先遇到的問題是，用什麼風格和方式來介紹異文化。我先從幾個小事情說起。

首先是關於翻譯家的自我定位。早先的翻譯小說，很多沒有準確的譯者，意思是說，有一種不署譯者，只署原作者；另一種署了譯者，但是不知何許人，因為他用化名。當然，如果是固定的筆名，也就成了另一個名字，但他是隨便用一個名字。這裡有兩種情況，第一種是譯者對譯作本身的地位和價值有懷疑，不把它當回事，不覺得翻譯一本小說有什麼了不起。前幾年，大陸出了本暢銷書，叫《廊橋遺夢》（*The Bridges of Madison County*），是美國的一本言情小說，譯者是中國社會科學院外國文學研究所的研究員，專業做得不錯，翻譯這本書，可以有很多稿費，可是他不願署自己的名字，用一個沒人知道的筆名。這本書暢銷後，在大家追問下，他才出來承認是自己翻譯的，但又說這不是自己正規的活兒。什麼是正規的活兒？或者寫論文，或者翻譯世界文學名著，可現在譯的是一本言情小說，很不好意思的。我能想像晚清的那批文人，即使懂外語，也沒把翻譯當回事，所以願意隱姓埋名。

翻譯者創造性的勞動得到公眾社會的普遍認可，是從林紓開始的。林紓真正的事業是古文，翻譯不過是他消遣及賺錢的工作。可是日後林紓古文的社會影響，其實遠不及他的翻譯小說。所以我們說，以翻譯家著稱的林紓，確立了翻譯文學的獨立價值，此前人們不認為翻譯有什麼了不起。民國初年，出現一個有趣的事：康有為為林紓的畫題詩時，有這麼一句：「譯才並世屬嚴林」。嚴復譯《天演論》（*Evolution and Ethics*），對晚清，尤其是晚清以後的思想界影響極大。他是由福建船政學堂送到英國學習海軍，英文很好，能夠直接閱讀與翻譯。林紓不懂外文，他跟懂外文的人合作，別人口譯他筆述。因為他的文章寫得漂亮，名氣很大，因此，口譯者是誰，都被人們忘記了，林紓這個筆述者，卻成為當時最有名的文化人。這兩個人都對西洋文學及思想的介紹有貢獻，所以說「譯才並世屬嚴林」。康有為本意在表揚，卻得罪了林、嚴二人。林紓認為自己最好的是古文，可康有為不說他的古文，卻說他的翻譯，有點本末倒置。更何況，既然是給他題的詩，不說「林嚴」而說「嚴林」，這讓他很不服氣。嚴復同樣不高興，他說全世界沒有一個著名翻譯家是不懂外文的，只有中國的翻譯家能靠跟別人對譯而成名。把他跟一個不懂外文，卻翻譯了很多外國小說的人放在一起，怎麼想都不舒服。

可無論如何，林紓是第一個因翻譯外國小說而著名的翻譯家。第一個著名的翻譯家不懂外文，這種狀態提醒我們關注：晚清的翻譯自有它的特點，那就是對於譯筆的極度重視。其實，說「譯筆」，不如說「文筆」更能被理解。對於晚清的讀者而言，首先是翻譯的東西好不好讀；和原作的距離多大，不是他們所能計較的，也不是他們所能理解的。所謂譯得好壞，不是指譯文是否忠實，而指是否符合中國讀者的口味。選擇閱讀外國文學譯本，中國讀者考慮的，首先是譯者的文筆如何，這才能理解為什麼林紓不懂外文而能成為晚清最有名的翻譯家。當然，這種翻譯方式不是林紓的發明，唐代翻譯佛經就已經如此，晚清傳教士到中國後，也是這麼做的，譬如翻譯《聖經》、《天路歷程》等，都是這麼譯出來的。即使傳教士懂一點中文，在翻譯時也會請一位「中國秀才」來幫忙。譬如賓為霖（William Chalmers Burns）譯《天路歷程》，就得到某位中國人的幫助。所以，在晚清，採用對譯方式，其實是很正常的現象。很多情況下，人們不能同時熟練掌握兩種不同語言，只好採用這樣的翻譯方式。對譯必然出現一個狀態：我用口頭翻譯出來，你用筆墨重新表述，經過這麼兩道轉折，不可能根據外文語法，一句一句地去摳。對譯必然導致以意譯為主。跟意譯對應的，是直譯。當然，直譯如果譯不好，就會出現「死譯」，字字對照，硬譯成中文。意譯如果離了譜，就變成了「豪傑譯作」。所謂「豪傑譯」，就是翻譯的時候特別豪放，大刀闊斧，對原作進行修整。這是兩種不同的風格，這兩種做法，可說各有利弊。

我們要追問的是：何以晚清翻譯家欣賞的，主要是意譯而非直譯？諸位如果研究翻譯，都會知道嚴復「信達雅」的主張。「信」是忠實原著，「雅」是文字上雅馴。嚴復把「信」放在第一位，可是《天演論》同樣有很多意譯的成分。書上標明「嚴復譯述」，強調「譯述」而非「譯」。八〇年代大陸剛改革開放，重新面向世界時，每天出現很多西洋文學和學術著作的翻譯，那時飢不擇食，譯得很快，很多就成為「譯述」。他們說，什麼叫譯述？就是譯得懂就譯，譯不懂就述。有時你還會發現，譯作中有些很契合中國讀者口味的部分，是譯者所述，而原作沒有的。經過了八〇年代急風驟雨地接受西學，我特能領會晚清的翻譯風格。必須是在整個語境中成長起來，你才能閱讀，才能理解。這種「豪傑譯作」，對於剛開始接觸西洋文化的人特別有用，因為和我們的趣味比較接近。

魯迅和周作人翻譯的《域外小說集》，自稱「收錄至審慎，迻譯亦期弗失文情」。他們選錄這兩本小說集時特別謹慎，按照文學史的要求選出一批有代表性，而且值得推薦給中國讀者的短篇小說，翻譯時盡量不改動，讓它的表達方式能夠為中國讀者所理解。可是，《域外小說集》的影響有多大？出版後過了一年多，當時出版的人以及朋友幫忙去書店打聽到底賣出多少本，據說一、二兩冊各賣出四十本，其中第一冊多出一本。而這多出的一本，是因為去打聽的朋友擔心老闆亂叫價，所以親自去試驗，看看價錢是否相同，結果發現，老闆很好，沒有亂叫價。賣那麼少，是因為讀者不欣賞。今天原版的《域外小說集》是珍本，特別貴，因為留下來的極少。這兩本周氏兄弟做得特別認真的《域外小說集》，即使在今天看來，也是相當用心的。因為他們是以經營文學事業的心態來翻譯，包括作注、對原作者的介紹、對每一篇小說的風格界定、將書中的人名直譯、保持原來的風格等。但是當時讀者閱讀的感覺是「味同嚼蠟」，因為讀起來特別彆扭，和一般的閱讀口味不同。

這些認真經營的翻譯小說賣不出去，反而是林紓那樣不懂外文的人，翻譯的作品大受歡迎。

瞭解這點，就會明白為什麼晚清的翻譯者要選擇意譯而非直譯。關於意譯，可以用梁啓超為例證。梁啓超說「譯意不譯詞」，也就是把它的意思表達出來，但是不用原來的句子。具體說來，所謂「譯意不譯詞」，很可能是改用中國的人名、地名，把中國人唸起來特別拗口的外國人名改成張三、李四，把地名譯成開封、洛陽，但是保留故事。第二是按照中國人的口味，把西洋小說改變為章回小說，重新分隔，再擬一個回目。連梁啓超都這麼做過，他翻譯的《十五小豪傑》（*Les Voyages Extraordinaires*），原作者是法國人，日文譯者作了很大改動，而且還說比起原作一點也不遜色。到梁啓超手上，再把日本人的翻譯改一遍，並說這個翻譯不僅不辜負日本的譯者，也不辜負原作者，甚至認為他的翻譯比他們更好。最後傳到韓國，又被改動一次。所以我現在跟韓國、日本的朋友說，我們必須一起研究西洋小說進來後，這三個國家如何用不同的讀法、眼光和趣味來對待共同的西洋文學。因為，改動的背後是有它的文學理想的。同一本西洋文學作品在這三個國家有不同的文學趣味和譯本，這就是根源於當時所謂的「意譯」。

第三種做法是刪去無關緊要的衍文和不合國情的情節。刪去無關緊要的衍文，受制於當時作家的文學趣味；刪去不合國情的情節，則受制於翻譯者的政治理想，包括所謂「全譯本」也作了這些刪節。我曾經把《巴黎茶花女遺事》和小仲馬的原作比較，發現林紓作了很多刪節，刪去最多的是關於客廳裡的描寫。中國讀者不喜歡法國作家對於服飾、客廳、花園等跟情節無關的描述，我們關注的是茶花女的愛情故事，其他亂七八糟的就都刪掉。還有跟主人公無關，穿插進來的人物也被刪去。把本來呈現比較豐富的社會生活，改造成男女之間的愛情故事，這是按照中國讀者的口味來修正。

第四種方法就更離譜，翻譯時大量增加情節。最典型的是吳趼人把一篇最初譯成六回的中篇小說《電術奇談》，改寫為二十四回的長篇小說。當然有些沒有這麼離譜，但是一樣增加情節。雨果的《悲慘世界》（*Les Miserables*）最早被譯成的中文本是蘇曼殊和陳獨秀的《慘世界》，有好幾回是蘇曼殊自己寫的。同樣道理，包天笑的翻譯也一樣。當時翻譯者遇到不滿意的部分就擱下，而且認為自己寫得比原作好。

翻譯家為什麼採用這種「譯意不譯詞」的手法？第一，受制於翻譯家的外語水平。像包天笑、梁啓超等人，都是在學外文的時候翻譯文學作品。譬如梁啓超翻譯《佳人奇遇》，就是戊戌變法後逃到日本人的軍艦上，一邊學日語一邊翻譯。這種狀態很普遍。晚清翻譯家絕大部分不是通過科班訓練後才進行翻譯，而是把翻譯作為學外語的手段。尤其留日學生，常常放假時一邊學日語，一邊翻譯作品當練習，譯完後就寄到國內發表。意譯對外文能力的要求比直譯來得低，譯得懂就譯，譯不懂就述，中間還可以增寫。所以，晚清的翻譯不能以今天的精確譯本來要求，他們另有自己的打算。第二，如果當時的作家真像魯迅那樣翻譯，讀者反而不接受，因為必須是對西洋文學有瞭解的人，才能欣賞那樣的讀本。假如對西洋文學毫無理解就讀《域外小說集》，確實會讀不下去。林紓等人完成了一個很重要的工作，就是把一些不太像樣的譯本介紹到中國，讓中國讀者對西洋文學感興趣，將來再談別的。之所以採用這種不負責任的翻譯，是因為當時的讀者缺乏西洋文學的基礎。第三個原因，是由中國傳統的文學趣味決定的。像剛才所說，為什麼林紓不要客廳中的描寫，以及許多旁枝末節？就因為那些敘述和中國小說的趣味不同。我在《中國小說敘事模式的轉變》中專門討論過，中國小說以情節為中心，採用順序發展的敘述時間，這些決定了他們對西洋小說的閱讀，專注於情節，而刪去旁枝。

## 三、翻譯小說的實績

如果從一八九六年開始算起，到一九一六年，差不多二十年的時間，中國人翻譯了將近一千種小說。這中間有很多報紙雜誌創刊，這些報刊都連載西洋小說，各國小說紛紛湧入中國。我們要追問的是：哪個國家的哪種小說容易被中國讀者接受？我做了一個統計，介紹到中國的小說，最多的是英國小說，其次是法國、日本、美國等。為什麼英國小說介紹進來最多？因為學英文的人最多，當時如此，現在也是如此。學英文的同時必定要閱讀一部分小說，所以英國小說被介紹進中國的最多，這是很容易理解的現象。那為什麼日本的小說也很多？是因為當年到日本留學的學生也很多，最多一年據說有近萬人。因為留日最便宜，當時除了各省派出國的人以外，還有很多是自己出錢留學或遊學的。到日本有幾點比較方便：第一，路費少；第二，當時銀元兌日圓的價錢對中國人特別有利。當年去日本念書、買書的人都特別闊氣，到二〇年代就因為經濟狀況改變，反而特別憋氣；第三，不學日語也能去日本留學，這是最關鍵的。明治時代的高雅日文中，漢字特別多，並且容易掌握一定的規律。中國人覺得留學英、法需要很多錢，又特別難，到日本容易多了。當時在上海有個譯者，翻譯了很多日文書。他譯書根本不謄抄，拿起日文書勾勾劃劃，改完後就拿到印刷廠去排印。有這樣的便利，各位就能明白為什麼那麼多的翻譯中，日文占的比例特別高，因為一方面懂的人多，一方面不懂的人也可以翻譯。如此就不難瞭解，為什麼當時日文小說的影響那麼大，到了二〇年代之後，影響卻急遽下降。

除此之外，還有俄國小說值得關注。俄國小說的翻譯不多，在當時排在第五位。我之所以提醒各位，是因為五四以後，俄國小說的翻譯成為最重要的部分。如果我唱〈山楂樹〉，只要跟我同年紀的人就算不會唱，也應該聽過。俄羅斯的民歌有一些特別合苦難深重的中國人的味道，那不只是十月革命、馬克思主義的問題。馬克思主義傳入中國並影響二〇年代的意識形態，但真正居主導地位，是在五〇年代以後。可是俄國小說對中國的影響，從一九一〇年代就開始了。只是很遺憾，到了八、九〇年代以後，蘇聯解體，中國人對俄國文學突然失去興趣，過分偏向英美世界。不談政治，在思想文化裡面（尤其是文學藝術），俄羅斯絕對是一個偉大的民族。不管各位現在讀的是英國小說、法國小說，總有一天會發現俄國小說值得關注，尤其是十九世紀俄國的音樂、繪畫、文學。

對於中國而言，二〇年代以後突然有一大批人對俄羅斯文學感興趣，值得注意。為什麼晚清時俄羅斯文學不受歡迎，到了五四才被重視？我想可能是俄羅斯文學並不以情節的緊張取勝，它以一種情趣，以對大地、人生的深刻體會見長。各位讀契訶夫（Anton P. Chekhov）、托爾斯泰（Leo Tolstoy）、杜斯妥也夫斯基（Fyodor Dostoyevsky）、普希金等一直延續下來的十九、二十世紀一大批作家（甚至包括左翼的高爾基〔Maksim Gorky〕）的小說，都跟中國傳統的敘事文學不太一樣。相對來說，反而是英國小說中的一部分，如哈葛德（H. Rider Haggard）、柯南・道爾，以及法國小說中的凡爾納、大仲馬（Alexandre Dumas）這些講故事為主的作品，容易對晚清的讀者產生吸引力。所以我說五四文學為什麼跟晚清不同，很大程度是因為分別選擇了英國與俄國作為自己模仿的對象，或是作為對話的目標。艾青有一句詩：「我的眼裡常含淚水？因為我對這土地愛得深沉。」這句詩不管對中國、俄國都適用，對於土地的眷戀和人生苦難的體會，以及瀰漫其中的感傷情緒，使得二〇年代的中國人迅速走向俄羅斯文學。當然，三〇年代左翼文學起來後又不同，那是對「蘇聯文學」感興趣，俄羅斯文學和蘇聯文學是不大一樣的。

我們看晚清到五四的文學變化，可以用一個非常簡單的尺度，就是從欣賞英美小說轉到欣賞東歐俄國的小說，當時有一個名詞「被壓迫民族的文學」，具有特別大的吸引力。舉例來說，晚清翻譯作品總數最多的小說家，第一是柯南・道爾，有三十二種譯本；第二是哈葛德，有二十五種；凡爾納和大仲馬同列第三名。各位會發現，英國、法國的小說最多。五四以後發生很大變化，我做的統計後來最多的是托爾斯泰、莫泊桑（Guy De Maupassant）、屠格涅夫（Ivan S. Turgenev）、契訶夫、泰戈爾這五位，這個變化既是翻譯對象的變化，也是整個文學潮流的變化，和這個變化直接相關的是小說的體制。晚清關注的是西洋小說中的長篇小說，五四後改為關注短篇、中篇小說。關注長篇，是因為晚清小說家從故事的角度讀西洋小說，長篇小說一般來說比較傾向龐大的結構和曲折的情節。短篇小說的體制，主要是五四小說家才開始認真接受和模仿的。我做一個小結：晚清作家對情節的關注到五四後轉化為對情調的欣賞，這點使他們從英、法轉向俄國，從長篇轉向短篇。

晚清小說家對西洋小說的接受完成了一個過渡，使中國人對西洋小說感興趣，而且用中國人的閱讀口味對西洋小說做了很多修正。這個過程中有幾位小說翻譯家值得注意：第一是林紓。林紓第一本翻譯小說是《巴黎茶花女遺事》，一八九九年出版。就是這本小說，使中國人真正對西洋小說感到興趣。此前有政治家提倡，也有報刊連載，但是沒有引起轟動。這本書的轟動可以用一句詩來形容：「可憐一卷茶花女，斷盡支那蕩子腸」（嚴復）。這本小說最早引起關注的，其實是裡面的故事，其次才是表現手法，再其次，是作家的寫作技巧（說實在話，應該是翻譯家的技巧）。林紓用古文家的眼光來讀西洋小說，用古文的筆法解釋西洋小說，並且強調西洋小說和太史公的《史記》是吻合的。這種論述今天看來有點奇怪，但是有一個好處，就是它總算使得中國人將小說提升到一個相當高的位置，可以跟《史記》筆法相媲美。尤其值得注意的是，《史記》

作為敘事文學祖先，裡面的穿插，以及結構上的嚴謹，是被當成小說閱讀時領悟出來的。也就是說，林紓讓中國人明白，原來西洋小說也有技巧，不只是故事，而且這技巧和中國的老祖宗是一致的，後人認為很可笑的說法在當時其實非常有效。

以古文大家著名的林紓，一輩子翻譯刊出了域外小說共一百六十三種。據說他翻譯極快，可以一邊聽人說話一邊不斷地寫，這種速度使他能以一人之力翻譯這麼多西洋、東洋小說，卻也使其中有很多草率之作（或者說，用中國人的趣味，想當然地改造西洋小說）。這裡有一種可能性，就是林紓作為一位古文家，他太自信了，覺得自己確實理解對方。譬如他譯狄更斯的小說，譯到後來甚至能糾正翻譯家的錯誤。他說這就好像晚上睡覺老是聽見隔壁走路的聲音，久而久之，對隔壁的人的腳步、神情如何，都能想像得到，這是林紓的本事。一個有比較高的文學修養的人，雖然不懂外文，但是能領會外國小說的某些精髓。五四以後，很多人嘲笑批評他不懂外文還翻譯小說。六〇年代錢鍾書寫過一篇文章〈林紓的翻譯〉，裡面說他把英文的哈葛德的小說（哈葛德在英國文學史上不是有名的作家，但是因為故事性強，當年譯了很多進入中國）和林紓的翻譯小說對照閱讀，發現林紓很多改動非常高明，甚至認為就小說的乾淨和筆墨的老辣而言，林紓的翻譯比原著更好。一個文學素養很好的人，在閱讀翻譯的過程中用本民族的文學口味來改造原作，不見得是一件好笑的事情，有時可以是不錯的主意。

第二個我想介紹的是周氏兄弟。剛才我說《域外小說集》的翻譯出版，就商業而言是一個災難，才賣出四十一本，但在文學史上卻是一個里程碑。他們開始把西洋小說作為藝術來經營，覺得必須加以尊重；翻譯不僅是轉述故事，更重要的是要輸入一種文學表達手法。在這個意義上，《域外小說集》雖然賣得很少，在文學史上依然值得關注，標誌了一個新的翻譯文學標準之確立。當然後來有一些爭議，譬如關於直譯，魯迅經常說，寧可用讓中國人讀起來很不習慣的表達方式，而不用中國人很熟悉的方式，目的是把西洋的思想、生活習慣，以及文學表達方法一起介紹進來，所以有時候故意譯得生硬。三〇年代他和梁實秋有一場論戰，叫「『硬譯』與文學的階級性」。梁實秋到台灣後成為文學大家，所以我看到這裡有布告說要開他的紀念會。我估計，這裡對梁實秋的瞭解會比較多，對跟他論戰的魯迅瞭解比較少。梁實秋的英文很好，翻譯作品也比魯迅好讀，平心而論，魯迅的翻譯有點硬。當時魯迅有些矯枉過正，說太照顧中國人的口味，譯出來的東西容易被中國人的口味污染，他寧肯把外國人的東西原原本本介紹進來，所以會譯得過於生硬。但是這標示了一種新的文學理念，追根究柢是對域外文學的尊重，不能隨便用我們的口味來改造。我們需要瞭解人家，而不是讓別人適應我們的口味，這是一個理念上的大變化。

接下來談曾樸。他當年是學外文的，而且跟著陳季同（當時駐法使館專員）學法國文學，在瞭解法國文學史的前提下，再來翻譯小說。曾樸是有意識地進行翻譯，他開啓了以後對某一個作家特別有興趣，就持之以恆地譯某一個作家，並且把翻譯和自己寫作結合的現象。曾樸最欣賞的作家是雨果，翻譯了很多他的小說，其中以《九十三年》（*Quatrevingt-Treize*）影響最大，而且

《九十三年》和他自己的寫作（如《孽海花》）之間有很密切的聯繫。他是一個把寫作、翻譯和外國文學史的學習結合在一起的翻譯家。後來也有很多好的翻譯家，但是他們基本上翻譯是翻譯，寫作是寫作，彼此沒有關係，甚至只翻譯不寫作。而我關注的周氏兄弟和曾樸，是把這兩者結合在一起，既翻譯外國小說，也創作受這些外國小說影響的作品，這是特別值得重視的。

下面我談包天笑。他是晚清翻譯界資格很老的一位健將，從一九〇一年開始翻譯《迦茵小傳》（*Joan Haste*）。讀這本書時應該知道一件事：包天笑和朋友合作翻譯這本小說時，曾說這書的「下卷」找不到了，只有「上卷」這個哀怨的愛情故事。後來林紓把全本譯出，卻被人痛罵，因為下卷說到這個女主人公如何跟別人發生關係，然後有私生子等。所以，當時有人說，所謂下卷找不到，是因為包天笑覺得下卷翻譯出來之後，這個女子就不可愛了，因此他不願意翻譯下卷。林紓不明底細，好心好意把下卷補譯出來，反而讓大家非常傷心，原來美好的形象最後卻是如此，這是因為中國人的貞潔觀念和西方人不同。《迦茵小傳》第一次讓包天笑登上翻譯小說的殿堂，後來他自己翻譯並寫作了很多東西，尤其是教育小說，他譯了三種，當時影響很大。他譯的教育小說曾經被選入教科書，對於啓蒙教育很有意義。包天笑不少翻譯小說中都有創作的成分，他後來坦白說，當年進入教科書的那一部分，其實是他寫的，他譯著譯著就自己寫起來，把自己的經歷寫到翻譯小說中。包天笑之所以值得注意，是因為他活得很長，一直活到六〇年代。後來他到香港寫了本《釧影樓回憶錄》（在大陸、香港、台灣都有出版，書裡包含了大量有關晚清出版的資料），回憶晚清到民初時，他在上海做出版、寫小說、譯小說的故事。諸位如果以後要做專業研究，建議參考包天笑的東西，尤其是六〇年代寫的回憶錄，因為他提供了大量有關晚清報館、出版、學校方面的資料。

第六個我想介紹的是周瘦鵑。周瘦鵑比較晚才登上文壇，一九一三年開始出版著作，但是他的翻譯比起包天笑認真得多。我們今天看到的《歐美名家短篇小說叢刊》（一九一七年出版），可能是晚清做得最認真的翻譯小說。他本人後來寫了很多短篇小說、散文和筆記，是所謂的「鴛鴦蝴蝶派」最主要的作家。他也活到六〇年代。五〇年代以後，他回到蘇州，經營自家的小花園，非常有名，很多大人物都去過，所以五〇年代以後，他變成一個種蘭花並且寫一些散文的著名老文人。但是很可惜，他的小說沒能繼續寫下去。包天笑和周瘦鵑是我們後來稱為「鴛鴦蝴蝶派」的主要作家，而這兩人其實是晚清小說的嫡傳。把這些勾連起來，我們才能對三〇年代以後的文學有比較清楚的瞭解。

## 四、接受中的誤解

談「接受」而不是「影響」，主要是想突出晚清讀者自主選擇的意識。若是談影響，很容易從發動影響的主體出發。現在我討論接受，是從讀者出發。晚清讀者和翻譯家之接受西洋文學，有自己的標準和意圖，跟這部作品在西洋文學史上的地位有關係，但不是特別大。在西洋文學史上名氣大的，在中國可能影響不大，或是正好相反。需要追問的，是什麼樣的原因決定了哪些外國文學在中國發生作用？甚至更需要做統計分析的是，哪些是實質性的影響，哪些是表面的？我們會發現一部西洋小說在中國名氣很大，但沒有人追蹤、學習、模仿。假如這樣，它就無法真正進入中國文壇。有些小說名氣不是那麼大，可是因為有一大批人追蹤模仿，它的影響就會發揮出來。晚清的小說批評家經常提到，西方有一個小說家特別有名，叫福祿特爾（我們今天譯成伏爾泰〔Voltaire〕），可我追蹤了好久，沒有發現一本伏爾泰的小說被翻譯進來。從一八九〇年代至一九一七年，福祿特爾常被中國作家掛在嘴邊，卻沒有中文譯本。同樣地，有一個人叫狄斯累利（Benjamin Disraeli），曾經當過英國首相，也寫過政治小說，所以晚清人不斷提到他。當過首相的人寫小說，這在中國人眼裡是不可思議的。至於他的小說影響如何，我查了半天，也沒有找到一本狄斯累利的小說譯本。表面上聲譽很高的人，不見得對中國文壇有影響。因為晚清中國人的外國文學知識很薄弱，一個人說了，後來的人也就跟著說；大家都在說，可是誰都沒有讀過。所以，我們必須把「聲譽」和「實際影響」區分開來。

那麼，可不可以說翻譯得多的，影響就大？也不能這麼說。我剛剛說的哈葛德的小說，翻譯了那麼多（二十七種），可是我沒發現有人認真學習他。反而是只有一本譯作的《茶花女》，真的被中國人接受，也真的有很多人學習。晚清的小說家中，如鍾心青的《新茶花》、蘇曼殊的《碎簪記》、徐枕亞的《玉梨魂》等，都是學習《茶花女》。有那麼多人追蹤學習，只要一部就夠了。晚清中國人最喜歡、最熟悉的兩個外國小說人物，一是茶花女，一是福爾摩斯。這兩個人構成了晚清人眼中外國小說的基本面貌。茶花女和福爾摩斯同樣被中國讀者欣賞、接受，大家模仿《茶花女》講述一個哀怨的故事，而學習偵探小說《福爾摩斯》的「一起之突兀」這一「倒裝敘述」。在傳統中國小說中，大都按照時間順序講述故事，而偵探小說不一樣，小說剛開篇，就是一具屍體，不知哪來的，然後福爾摩斯出場，從泥土上判斷，這人死在什麼地方；從地上腳印判斷，犯案的凶手可能是誰。這樣一步步往前推理，最後破了案。這就是所謂「一起之突兀」，也就是「倒裝敘述」。這個技巧，中國作家是從偵探小說中學來的。

至於晚清讀者及小說家「接受中的誤解」，是指他們對西方小說的幾種誤讀：第一，對小說的地位和作用的誤解。晚清的小說理論家經常談到，在歐美、日本等國，政治之所以日漸清明，是小說起了作用，小說家的議論影響到整個社會，所以，我們必須提倡小說界革命。今天我們都知道，西方的政治改良，不是因為小說的緣故。當年因為提倡小說，製造出這個神話。這個誤會很美好，但不真實，這是第一。第二，對不同小說類型的評價出現誤差。晚清小說家再三強調並特別看好的三種小說類型，是政治小說、科學小說、偵探小說。諸位今天讀文學史，都會明白，這不是西洋文學的主流；甚至可以說，這基本上是西方的通俗小說。第三，對作家藝術特色的誤解。這一點，我們可以舉一個很有名的作家作例證，那就是托爾斯泰。在晚清，托爾斯泰是作為一個政治小說家被介紹進來的，特別強調托爾斯泰小說中「說教」的成分。《復活》（*Resurrection*）裡面，確實有很多道德說教，但是《安娜・卡列妮娜》（*Anna Karenina*）或者《戰爭與和平》（*War and Peace*），並不如此。在我看來，托爾斯泰作為小說家，他的最大價值，不是說教。

西方小說進入中國，是被中國讀者重新解讀的。而為什麼會出現誤解，我想可能是下面三種原因：第一，譯本不忠實；第二，日本作為中轉站的影響；第三，中國讀者自身的期待視野。先說第一個問題，當年的中國讀者及批評家，討論西方小說時，根據的都是他們讀過的譯本。批評家根據翻譯過來的東西來討論西洋小說，這樣一來，其知識及趣味受到翻譯家的限制。譬如說，他們所閱讀的《復活》或《慘世界》，其實都是節譯本，其中不少還是譯者添加進去的。根據這節譯本來討論西洋小說特色，得出的結論，跟實際的西洋小說會有較大的差別。第二個問題是日本作為中轉站。晚清到民國初年，很多西洋小說是從日文轉譯的，日本人改一次，中國人再改一次，這樣離原著越來越遠。第三個是中國人自身的期待視野。中國人將讀小說作為娛樂，願意看到有趣的故事，這種趣味決定了早期讀者對於西洋小說的想像。

最後，我想說的是，既然是兩種語言、文學、文化之間的交流，翻譯中不可能沒有誤解；除非否認翻譯的可能性，否則，你就必須承擔翻譯中「必要的喪失」。誤解是必然的，只能盡量減少，或者努力使壞事變好事。「誤解」不見得就一定是壞事，本國的翻譯家及作家在跟異文化對話過程中，不斷發揮主觀性，不斷進行自我調整，既調整翻譯的作品，也調整自己的眼光。正視翻譯中存在的問題，不僅僅是嘲笑，而是努力理解前人為何如此誤讀，以及這種誤讀到底產生什麼樣的效果。

這堂課我想告訴大家，在晚清，哪些東西被翻譯進來，哪些翻譯了以後有影響，哪些沒有，這是第一個層面。第二個我們要解決的問題是，翻譯時，為什麼會出現那麼多誤讀。今天任何一個懂外文的人，隨便拿起一本晚清的譯本，都可以指摘前人譯錯了。但我更願意說，除了技術性的錯誤，其中還有些是故意誤譯。解釋他為什麼這麼譯，就必須瞭解當時讀者的趣味。換句話說，我不太相信「完全正確」的譯本。在我看來，翻譯也是創作，是文學事業中很重要的一部分。作為「創作」的「翻譯」，跟一個時代的教育水準、一個時代的讀者趣味，甚至一個時代的出版風氣，都聯結在一起。在這個意義上，翻譯研究不僅僅屬於外文系，中文系的學者也該關注。當然，這樣來談翻譯，就不會局限於純粹的技巧辨析。

香港的很多大學有翻譯系，這在全世界都是很特殊的。翻譯系有一個很重要的任務，那就是培養學生的翻譯能力，因此，必須多做文本分析。但假如只把翻譯作為一種封閉的「技藝」，不重新將其投放到文化語境中，那麼意義不是很大。所以，我主張在思想史、文化史、文學史的背景下來談論翻譯。這也是我討論晚清文學與文化，為什麼需要涉及翻譯小說的緣故。接下來，我會把它跟晚清，以及五四的文化運動、文學思潮等相結合，再做進一步的深入分析。

第五講

# 從新教育到新文學

二〇〇二年十二月四日

李慰祖／記錄

今天討論的問題是新教育與新文學。在二十世紀的中國，新教育和新文學結伴而行，最成功的例子是五四新文化運動。諸位想想，蔡元培、陳獨秀、胡適等人成功地提倡新文化，很大程度得力於他們的學術背景，那就是北京大學。一九一九年前後的北大，是當時唯一的國立大學。為什麼當年北大的影響那麼大？很大程度在於，此前中國雖然有一些教會大學或地方政府辦的大學，但國立大學只有一所，那就是北京大學。一九二二年以後，由於東南大學（中央大學和南京大學的前身）等的創立，才有越來越多的國立大學。正因如此，新文化運動時期北大校長及教授登高一呼，才會有那麼大的效果。尤其值得關注的是，「學校」，或者說「新式學堂」，和所謂的「德先生」、「賽先生」等，其實同屬西方的文化體系。如果說晚清以降，中國人接受西方的思想學說，最徹底的，很可能是教育體制，包括我們的課堂講授制度、撰寫畢業論文、領取學位證書，還有撥帽穗儀式等，都來自西方，傳統中國沒有這些東西。

討論文學革命，討論二十世紀中國的文學，為什麼從「大學」入手？教育和文學不盡同步，但是關係非常密切。大作家未必出自名校，但是成功的文學運動，一般而言，大都起源於大學。作為一種知識生產的文學教育，或多或少，或直接或間接，影響了一個時代的文學走向。課堂裡講授文學的方式，居然影響了整個文學走向，實在妙不可言。文學課程的講授，受制於教育的理念，以及整個知識體系。哪些必須教？哪些不值得教？如何傳授文學知識？這些，實際上影響到學生在校及畢業後的創作活動，間接引導了一個時代的文學潮流。因此，我說文學運動、文學潮流這樣的大事，很可能跟大學裡的課程建設有某種緊密的關係。諸位思考當年文學史課程的建立、歐洲文學的講授、白話文的提倡，以及魯迅在北大講台上講授小說，就明白文學是如何變過來的。

一般人討論五四文學革命，都會關注思想家的作用，以及報刊書籍如何鼓動風潮。我想換一個角度，不談這些上層的思想家的思考，轉而討論京師大學堂裡的科目、課程、教材的變化。就像我剛才說的，大學裡怎麼教書，設什麼課程，用什麼教材，這些東西直接影響到大學生的知識結構，尤其是文學常識。一代人文學常識的改變，是一種新的文學革命誕生的前奏。文學常識及文學史想像的轉變，看起來好像沒什麼了不起，可落實在具體的文學運動裡，卻很可能影響到整個文學潮流的走向。

北大及其前身京師大學堂，在中國現代教育史上占有特殊的地位。早期的京師大學堂，除了是一所大學，更兼管全國教育，一直到一九〇五年學部建立。很長時間裡，北大的課程設置，往往成為其他中國大學課程設置的榜樣。藉助留存在北大校史館和國史館的檔案，可以知道當年北大課程的變化。今天的討論，大體是從十九世紀的九〇年代到一九二二年為止。為什麼要講到一九二二年？原因是這一年教育部頒布了「壬戌學制」，中國的大學從此得到較大的發展。同年，北京大學成立研究所國學門，開始了我們今天的研究生培養。也是在同一年，胡適撰寫了《五十年來中國之文學》，宣稱文學革命已經取得決定性的成功，以後不再討論新和舊、文和白，轉而著力於新文學的經營。

我上次講一九二二年，在上海、南京、北京、天津四座城市裡面，四間大學分別舉行公開演講，其實這也是一個標幟。[1]一九二二年，在我看來，是晚清一代把思想文化的接力棒交給五四一代的標幟。換句話說，一九二二年之前，晚清一代引領風騷，五四一代逐漸崛起；一九二二年以後，五四一代取代了章太炎、王國維、梁啓超等，成為學界及思想文化界的主流。我把一九二二年看得很重，原因就是，這一年，在教育及文化史上有一個大轉折，五四新文化人真正站到舞台的中心，開始其精采的表演。從胡適開始，我們討論文學革命時，會特別關注蔡元培、陳獨秀、胡適、錢玄同、劉半農、魯迅、周作人等人的貢獻。表彰這些學者及思想家的貢獻固然沒錯，但我想把這個問題再往前推，強調當年北大教授們的學術背景。把個人的才華轉化為制度的建設，目的是突出整個知識生產過程的複雜性，換一個角度來理解五四文學革命的成功，告訴大家，一些表面上看來平淡無奇的制度建設，如何導致思想的傳遞，以及文學的革新。

## 一、「虛文」之不可或缺

今天討論四個問題。第一個，主要討論教育制度的建立和文學課程的產生。晚清提倡「新教育」的人，一開始沒將「新文學」作為相關訴求。當務之急是富國強兵，新舊文學的得失不在改革者的視野之內。當時人之所以討論新教育，正是為了改變中國人的「重虛文」而「輕實學」的毛病。這是晚清的基本思路，無論是改革者或保守者，都同意這一點。一千多年的科舉制度，使得中國人對辭章文墨有特殊的講究與興趣。跟西洋打交道時，突然發現西洋人對實學的講求遠在我們之上，而這正是他們變得如此強大的重要原因。因此，晚清改革家對教育制度的批評，最集中的就是中國人太看重文章而不注重實學。當然，百年之後，這問題倒過來，無論在台灣還是大陸，我所見識的大學，總的發展趨向是，對「實學」的關注，遠在「虛文」之上。文、史、哲、考古等人文學科，因其沒有看得見摸得著的「好處」，而被普遍漠視，以致必須在大學裡為加強人文教育大聲吶喊。換句話說，「實學」與「虛文」的地位，在過去的一百多年裡，發生大逆轉。此是後話，在此按下不表。

甲午戰爭之後，改革教育制度的呼聲日高，刑部左侍郎李端棻、山西巡撫胡聘之等，分別給皇帝上奏摺，要求改革中國的教育制度。胡巡撫主張大量淘汰「或空談講學，或溺志詞章」的中國書院，因其無補於實用。李侍郎認為學習西方，從語言入手，這固然沒錯，可語言解決不了多少問題，關鍵在於「格致製造諸學」。前者對傳統中國之溺志詞章不以為然，後者認為應該重視格致製造諸學，背後的思路都是如何學習西方，改變當下中國積弱貧困的局面。

這是當年有識之士的共同看法，傳教士也不例外，當時在中國很有影響力的李佳白（Gilbert Reid）、狄考文（Calvin W. Mateer）、李提摩太、林樂知（Young John Allen）等，特別關注中國的教育狀態，不斷建言，直接影響到戊戌變法以後中國的高等教育制度的建立。李佳白最早給皇帝上奏摺，希望在北京建立一所大學，並且為這所大學擬了課程，主張大學應該包含各種學問，如中西文法文理、中西史鑑、政事學、律法學、富國策、地理學、工程學、農政學、身體學、化學、天文、醫學等。在這二、三十種專門學問中，唯獨沒有文學和哲學。最早在中國辦大學（先是登州文會館，後改為齊魯大學）的狄考文，也給朝廷上奏摺，同樣建議在北京建立一所「總學堂」，開出的二、三十種專門課程，也沒有文學和哲學。無論是傳教士，或是中國的士大夫，共同的想法是，中國必須維新變法，變法的根基在於建立新的教育制度；新教育的關鍵，則是引進各種切實有用的學問。

在傳教士及士大夫的共同壓力下，朝廷終於決定在北京辦一所大學。一八九六年，主持此事的孫家鼐在給皇上的奏摺中稱：「學問宜分科也。」所謂分科，也就是按照西方的教育體制，分出十大學科，其中有一科為文學，專門講述各國的語言文學。兩年後，正式要辦大學時，孫家鼐重新上了一個奏摺，提出門類太多，卻無相應數量的人才，因此，諸子及文學皆不必專立一門。這一思路，與前述傳教士及胡、李等人是一致的。一八九八年，戊戌變法失敗後，朝廷意識到思想控制的重要性，再次強調經學的重要性，希望先課以經史義理，使得尊親之義、名教之防在學生思想意識中扎根。

晚清的教育改革強調「實學」，看不起或者認為沒必要討論那些「虛文」。除了強調經學的意識形態功能，其他都不重視。因此，其主要思路就是「廢虛文、興實學」。所謂「實學」，是指當時從西洋介紹進來的物理、化學、醫學、製造、農藝等。若依這一思路，第一所國立大學辦起來，可能沒有文學的位置。可到了章程公布時，為什麼又出現文學呢？原因是，孫家鼐籌辦大學堂，那章程是請康有為、梁啓超幫助立的。梁啓超主要借鑑日本人的章程，再加上德國、英國等學堂的思路。西人的大學章程，無論如何差別，卻必有文學院，或者文學科、文學門。於是，不被時賢看好的文學教育，由於大學堂章程的制訂，又悄然復歸——雖然只是在字面上。章程開列十種「溥通學」與十種「專門學」，前者「凡學生皆當通習者也」，故有「文學第九」之列；後者培養朝廷亟需的專門名家，如算學、格致、政治學、地理學、農學、工學、兵學等。文學可作為個人修養，但不必成為「專門學」。用今天的話來說，把文學當作通識課，而並不是專門訓練。

一九〇二年，教育體制又發生變化，原因是一九〇〇年庚子事變，京師大學堂被燒。義和團燒京師大學堂，殺「洋鬼子」，包括兩位外國教席，大學堂只得暫停運作。一九〇二年，朝廷決定重新規畫北京大學的前身京師大學堂。張百熙請駐各國使館搜集教育章程，德國、法國、日本等各國教育部的章程，如今仍保留在北大的檔案館裡。其中最為奇特的是美國，由於美國沒有通管全國教學的教育部，各個大學不一致，所以無法提供統一的章程，只好拿回哈佛、哥大、賓州大學、普林斯頓等被認為較有代表性的章程。面對各國章程，做出相關取捨後，終於明白，原來在外國人眼裡，「辭章」也是一種專門學問。一九〇二年的京師大學堂章程，第一次將「辭章」

列為大學的一個專門。到了第二年，晚清重臣張之洞奉命重新修訂大學堂章程。張之洞根據他所瞭解的西方章程，以及中國的實際需要，再三斟酌，終於確定一個方案：學堂不得廢棄中國文辭。

一八九六年討論中國大學時，強調重實學，廢虛文，為什麼七、八年後張之洞卻要強調「中國文辭」？張認為，古文可以闡理記事，敘德達情，最為可貴。駢文則可以用在國家典禮，需用之處甚多。古今體詩辭賦可以涵養性情，發抒抱負等等。主張「中體西用」的張之洞，之所以認定中國文辭不可廢除，是因其承載中國的思想道德。張擔心「西學東漸」大潮過於凶猛，可能導致中國文化價值的失落，因此轉而強調大學必須講中國文辭。辭章不可廢，並不是因它的美學功能，而是因為它的道德教誨，因其承擔了中國的文化價值與中國人的生活理想。主張設立「中國文學」科目的張之洞，談到文學時，與歷來皇上對科考文章的要求毫無二致：「但取理明詞達」，「以清真雅正為宗」。在張之洞的視野裡，所謂的「文辭」，主要指中國的文章。

在〈奏定大學堂章程〉裡，規定文學科大學分九門：中國史學、萬國史學、中外地理、中國文學、英國文學、法國文學、俄國文學、德國文學、日本文學等九門，每門都有具體規定。其實後面五種純屬虛構，因為在很長時間裡，這些外國文學門都沒有建立。中文系成為獨立的學術單位，在北大，也是一九一○年的事。至於法文系、德文系，那就更晚了。我到北京大學念書時，北大只有英文系是獨立成系，至於西語系，包含西班牙、法文、德文等。今天，北大的外國語學院裡，各主要語種都獨立成系，但這是走了一百多年的路才達到的。台大依然沒有獨立的法文系、德文系等，很可惜。一百年前制訂大學章程的人，說，我們準備在京師大學堂裡建立中文系、法文系、俄文系、德文系，那純粹是照抄外國章程，沒有實現的可能性。不過這也有好處，「虛位以待」，將來總有一天要建立。這種虛構的語言文學科系，使我們明白，大學裡的文學，不只是中國文學，西方文學也可成為專門學問。在我看來，學科的建立，比起個人才華，或者具體的著述，意義更大，這種制度性設計，導致某種學術思路能一代一代傳下去。談論大學，關注平淡無奇的學科設立，可以看到背後的學術思想變遷，當然也有物質、經費方面的考慮。

一九〇三年的〈奏定大學堂章程〉規定，不只要學習西方的格致之學，而且要建立文學、藝術科系。當然，這個說法，只是在京師大學堂實行。在很多後來設立的大學裡，並不都如此。應該說，中國文學的研究，有很長一段時間不受重視。這是因為，當時的士大夫普遍承認外國人的船砲和機器比我們強，這是第一步。第二步承認外國人的制度比我們強，譬如法律等。第三步方才承認，外國人的教育也比我們強，因此我們要跟著辦大學。最後發現，居然外國人的文學也可能比我們強。一九〇三年，主張變法維新的改革家梁啓超，到美國遊覽時，諄諄告誡留學生們，在美國要學習實業，如工程、礦物、農機、商業等，千萬別學哲學和文學，因為缺乏實用性。連梁啓超都這麼說，其他人你就可想而知。到三〇年代，錢鍾書留學回來，他的長輩陳衍是一個著名的老詩人，問他在英國學什麼，錢鍾書說學英國文學。老先生非常驚訝，說何必多此一舉，到外國學文學。可見，在很長的時間裡，中國人不承認有到外國學文學的必要性。

一百年過去了，這個潮流倒轉過來，今天，不只有必要到外國學文學，甚至也有必要到外國學中國文學。當然，這是一個很有爭議的話題。記得林文月先生寫過一篇文章，說臺靜農先生告訴出國留學的台大中文系學生，將來若想回台大教書，學西方文學沒問題，千萬別學中國文學。到美國大學的東亞系學中國文學，台大不承認你的學術水平。但今天不一樣了，無論台灣還是大陸，都有不少在美國東亞系讀書的，回來教中國文學。當然有反抗的聲音，但我們不能說，中國文學非本國學者研究不可。

假定我們是從一八四〇年開始認真與外國人打交道，過了半個多世紀，我們才明白有必要向西方學習文學，並在新的大學制度裡確立一個學科——「文學」。一九〇三年以後，至少在官方檔中，規定我們必須用西方的學術制度建立一個專門的叫「文學」的學科。至於這個「文學」，應該同時包括中國和外國，這又是一條漫長的認識之路。

## 二、「文學史」的意義

〈奏定大學堂章程〉對晚清以降的大學，尤其是大學裡的文學教育，發生很大作用。尤其值得注意的是，一九〇三年頒布的這個章程，和在此前一年的〈欽定京師大學堂章程〉有一個大區別，那就是出現了「文學史」這個詞。在此之前，是「中國文章流別」。一九〇三年，用「文學史」取代傳統的「文章流別」，這是個關鍵。每門課都有具體的提示，例如講到「歷代文章源流」時，加一個括弧，「日本有《中國文學史》，可仿其意自行編纂講授」。提醒教員，應以日本人撰寫的《中國文學史》為摹本。這裡所說的笹川種郎的《中國文學史》，當時已經譯成中文。

一九〇三年頒布的〈奏定大學堂章程〉，在「文學科大學」裡專設「中國文學門」，主要課程包括文學研究法、《說文》學、音韻學、歷代文章流別、古人論文要言（接近今天的文學批評史）、四庫集部提要、西國文學史等十六種。值得注意的是，關於中國文學的教學，要求模仿日本的中國文學史，而非中國人的歷代文章源流。這當中潛藏著一個大的變化：即以外國人讀中國文學的眼光，來讀中國文學。外國人讀中國文學，主要是一種知識的傳授，不要求寫作訓練的配合。在這之前，中國人學中國文學，最終目的是要寫作。之所以特別重視「辭章源流」，瞭解各種體式，在詳細說明古風、律、絕、詞、曲特點的同時，要求以寫作訓練為中心。

〈大學堂章程〉的影響極為深遠，我們以後在大學堂裡，不再要求學生學習寫古詩文。章程說：「博學而知文章源流者，必能工詩賦，聽學者自為之，學堂勿庸課習。」博學自然會寫文章，學生若願意，可以課後自行練習，課堂上不用課習，中小學甚至有「學堂內不宜作詩，以免多占時刻」的規定。不待五四新文化運動興起，這個學制的變革，使得傳統的詩文必定日漸「邊緣化」。用外國人學中國文學的方法，不要求寫作，只需要知道與杜甫有關的知識即可，沒有要求像杜甫那樣寫律詩。這樣一來，詩文在大學講堂裡，逐漸由一種技能，轉化為一種知識。這其實是漢學家的路線。

西式學堂的文學教育，不再以《唐詩別裁集》或《古文辭類纂》為教材，學生如何獲取知識呢？他不可能直接從《四庫》讀詩文，學堂有一個任務，那就是建立「由淺入深、條理秩然」的教本（教科書），有了教科書，學生們可以省去很多暗中摸索的工夫。可有了教科書，會不會導致另一個問題：「以一家之學而範圍天下？」建新學制、編教科書，使得整個知識迅速普及，但是也出現一些反彈，那就是擔心天下的讀書人遵循一家之學說，這樣會導致知識的陳舊和凝固。傳統中國的教學方式，以經史子集為直接的閱讀材料，沒有教科書，學生以自學為主，讀後再與老師討論。因此，首要之務是讀原著，而不是學者的研究著作。

晚清以前的中國人，雖也會注意到後世研究者的著作，但最主要的，還是直接讀研究對象，跟杜甫、屈原對話。晚清以降，有了教科書，學生跟老師及教材編纂者對話，很可能是轉過好大一道彎，才見到李白和杜甫。當晚清學者討論會不會「以一家之學而範圍天下」時，其實已觸及到教科書的利與弊。有了教科書，我們能在很短的時間裡，對某一個特定研究科目有總體的瞭解。好比說，兩年的時間，就可以讓我們對中國歷史或中國文學有一個大概的瞭解。這不同於以往的唯讀某一家，只曉得某一體式。晚清以後，學者大都目光遠大，但體會不深，因為沒有真正認真閱讀原典。我們關於屈原、元雜劇、井田制、軍事史的知識，大都得自教科書，而不是直接從研究對象得來。

西方教育體制進來以後，京師大學堂的科目設計，以及課堂的教學方法和教材的編撰，總的基本思路是循序漸進，由淺入深。我們現在找得到的最早的京師大學堂的教科書，有倫理學講義、經學科講義、中國通史講義等，其中包括林傳甲的《中國文學史》。有趣的是，目前大陸只有幾所著名大學的圖書館收藏這本書，倒是台灣影印出版，容易見到。這是中國最早的一部中國文學史，寫得不好，但我們必須跟它對話。林傳甲是當年京師大學堂的國文科教員，他的文學史大體上體現最初建立這門課程時的狀態。由於是開山之作，很多人會提到，並且關注它與日本笹川種郎《中國文學史》（前述章程裡要求參考的書）的關係。

林傳甲在序裡也提到笹川的書，可是經過認真比照，不難發現，其實兩人的《中國文學史》並不相同，其中有一些今天看來很奇妙的變化。例如：笹川種郎講中國的戲曲和小說，林傳甲卻明確把這兩者排除在外。林傳甲的書總共十六章，與京師大學堂的章程對照，會恍然大悟，原來林是根據章程，亦步亦趨地編寫出來的。原來中國文學門的要求共四十一款，這本書只寫了十六款，至於其他二十五款，跟文學沒太多關係，因此沒編入。由此可見，編寫中國文學史的嘗試，既不像經學那樣純粹的傳統學問，也不像地理學基本上以西方著述為主，關於中國文學史的敘述，從一開始就是半中不西。

今天我們來看這本書，會覺得寫得太淺，可是請注意：這是一個二十幾歲的年輕人，因為課程建設的需要，奮筆直書，每天千數百字，用四個月的時間趕寫出來的。當初他的同事，教東文與世界史的江亢虎，曾在序言中提到：林先生很努力，花四個月時間寫一本文學史，不過此書並非專家之學，而是教科書。這句話特別值得關注，這是我見到的第一次關於「專家書」與「教科書」的認真區分。往後一百年，中國學者熱衷於撰寫諸多大同小異的中國文學史，很少人認真反省這個著述本身的內在限制。

九〇年代我曾經寫過一篇文章，專門討論到：教科書心態是使得中國學界進步不大的重要原因，很多人以寫教科書的方式來寫學術論文和專業著作。教科書需要平穩，面面俱到，可以較多引用前人或同時代人的研究成果，而不必單刀直入，深入展開，以鋪述而非分析為重點。在西方學界，教科書大多是名重一時的學者，在功成名就以後，用簡要的學術語言，總結一輩子的學術經驗，作為教材。而大陸不一樣，很多人剛起步就參加編纂教科書。念碩士、博士階段就開始跟著導師編寫文學史，這是誤人子弟。

用教科書的路子來讀書、思考甚至撰寫論文，是很大的問題，因教科書只是用簡要的語言把原有的知識傳達給年輕的讀者。教科書和學術界的研究水平之間的距離，大約是十到二十年。也就是說，教科書所體現的，是十年或二十年前學界的水平。這並不是寫教科書的人偷懶，而是教科書需要平衡各種學術觀點和政治文化力量，所以不可能採取特別激進的態度。學術的發展，是從一些特異之才開始，他們的觀點一開始不被接受，以後越來越被學者接納，於是往外推廣。一種創新之舉，十年、二十年內能被大部分學者接受，這已經是了不起的了。假如一個觀點提出來，全國人民都拍手叫好，這絕對不可能是真正意義上的創新。因為，學界已有的格局和大家的認識水平，決定了我們能接受什麼樣的事物。若要「成一家之言」，就不可能太多考慮讀者的趣味，因而也就不適合作為教科書。假如想讓大家容易接受，必定是取現在學術的主流意見。這也是為什麼我會特別批評中國學界以寫教科書的辦法來寫學術論文。

魯迅先生說過，他寫《中國小說史略》這樣的教科書，其實是為了餬口。這話說得很重，可也透露某種實情。教科書的編纂，是因為有了大學課堂，為了讓學生由淺入深，進入某一個學科的需要而撰寫，所以並非高深之作。在這點上，我能領會以前一位老學者談論「文學史」的一句話：「特別微妙的東西說不出來，說出來的，都不是最微妙的。」課堂教學尤其如此。課堂上只能傳授一般知識，若是想深入理解，還是必須自行研讀專深的著作。我的很多講課，都是已經有了學術著作才來講的，可每次講的時候，都得盡量把太複雜的部分扔掉，只講一個梗概。這是沒有辦法的事情。

回過頭來，當初京師大學堂開始編寫講義，或者說建立一個系統的教科書的生產方式，此後，我們一代代的學者，撰寫各種各樣的教科書，在各個專門領域裡有效地傳播知識，但是也留下一些問題。我們關注各種各樣的教科書，不同時代、不同等級、不同學科的教科書，目的是瞭解其與一代人的知識修養的關係。換句話說，這是我們理解一代人（不是個別天才）的知識結構最好的入手之處。

下面我也是從教科書入手，討論晚清到五四的學術，尤其是文學史想像的變化，它牽涉到關於「桐城」和「選學」的爭論。

## 三、桐城與選學之爭

以唐宋八大家為標榜的「桐城派」，和以六朝文章為模本的「選學派」，在清代的論爭，是一個很重要的文學現象。這種論爭，當年在京師大學堂是如何開展的呢？又如何因教育制度的變化而導致桐城的淡出，新文化的崛起？下面我就從教育體制的角度討論這問題。

林傳甲寫完文學史後，一九〇六年離開京師大學堂；同年，林紓以古文家兼翻譯家的身分進入。從一九〇六至一九一三年，林紓在京師大學堂教書，一面翻譯西洋小說，一面教古文寫作。他為商務印書館編十卷本的《中學國文讀本》，精選與評注從清代上溯周秦的古文，以及寫《春覺生論文》，代表了林紓與桐城派在晚清的一些基本見解。一九一三年他被北京大學解聘，感到憤憤不平，寫了一封信給他的孩子，說是因為不拍校長的馬屁，所以被解聘。信中一再表示去職乃是因不願為五斗米折腰，而且對自己的生計毫不妨礙，他可以在其他地方教課，例如法政學堂，每星期教六個鐘點，有月薪百元，而且在報社寫文章也有稿費，另外還有許多收入來源。林紓名氣大，賣文、賣畫，其實很多收入，北大的解聘，對他而言，主要是名譽問題。

林紓將被解聘一事，歸咎於章太炎。章太炎此前在日本發表文章，專門嘲笑林紓文體卑下。在日本發表文章，原本不會威脅到林紓的聲名；可辛亥革命成功後，既是古文大家又是革命先驅的章太炎回國，北大校長跟他是老鄉，希望他能來北大，可章太炎不屑於當大學教授，只是把他的弟子派到北大來。因此馬裕藻、沈兼士、錢玄同、沈尹默，以及後來的黃侃等，都到了北大。章太炎的弟子大舉入京，占據了當時最重要的傳播文學之重鎮——北京大學的文學門。沈尹默對這場奪權鬥爭有非常明確的表述，他說：大批章氏弟子湧進北大以後，對嚴復（前任校長）手下的舊人採取一致立場，認為那些老朽應該讓位，大學堂的陣地應當由我們來占領。

章太炎的弟子將桐城派的林紓、馬其昶、姚永概、姚永樸等驅逐出去。這個奪權鬥爭的背後，是文派之爭，因為，校長嚴復及上述諸君都是桐城文家。如此，在離開北大的那一年，林紓寫了一篇非常沉痛的文章〈送大學文科畢業諸學士序〉，對古文未來的命運憂心忡忡。在林紓看來，隨著西學東漸的加速，大家對古文越來越不感興趣，數千年中國文學的光芒，很可能黯然消失。

林紓離開北大時，《春覺齋論文》開始發表，林紓說，這本書最大的特點是「論文之言，猶詩話也」。除了〈流別論〉可作為簡要的散文史來看外，很多地方確實如同詩話，偏於具體寫作經驗的傳授，如〈應知八則〉、〈論文十六忌〉等。如果你想學寫古文，不能唯讀散文史，應該參考林紓的著作。哪些該寫，哪些不該寫，怎樣寫就雅，怎麼寫就俗，這種教學辦法，和後來的文學史講述完全不同，是以技能培養為中心。這本書可讓我們推知當年他在北大講課時的大致風貌。陳衍等人曾嘲笑林紓沒學問、不會寫文章。可是也有一些人回憶，林紓在京師大學堂講課效果很好。單就教授古文而言，我相信林紓是有一套的。

林紓被趕出京師大學堂，首先是意識形態的問題。由於章太炎是革命元勛，他及他的弟子更具有「合法性」。第二是文派的問題，也就是對於清代占主導地位的桐城文章的反感，以致採取一致打擊的立場。第三個原因是，文學史的知識傳授取代了文學技能的訓練。林紓以古文寫作訓練為中心，這與其時正如日中天的文學史教學路線相悖，難怪其落荒而逃。這當中有意識形態的因素，也有文派、教育體制變化的問題。

跟林紓命運接近，但是在北大待得比較久的，是姚永樸。姚永樸是正宗的桐城傳人，在北大任課的時間是一九一〇至一九一七年，可說是見證了桐城派在北大的沒落。姚永樸沒有直接介入林紓與胡適、陳獨秀等人的論爭，在北大講學七年，留下一本書，也是當年的講義——《文學研究法》。這本書模仿《文心雕龍》的體例，希望將其嫁接到現代的文學史教學，主要著眼點，一如他在序言裡所說的，是「指示途轍」。也就是說，指示作文時該怎樣用力。這其實也是林紓的路線，是一種古文寫作教學，而非我們今天所說的「文學史」。據說他每寫完一章，很有心得，便把學生們召來講授，不只學生們聽得入神，甚至連門口拉車的，也都湊進來，聽得津津有味。

不過，我有點懷疑，北京車伕是否真有這樣的文化水平，能聽懂古文的佳妙之處。

作者集中討論文學創作的各種要素，不愧是桐城傳人，談「神理」與「氣味」、說「格律」與「聲色」、辨「剛柔」與「雅俗」，都能旁徵博引，折衷各家意見。這本書把中國的古文理論、各家學說折衷起來，因此不妨作為桐城文派最後的總結來閱讀。同時，他也力圖和現代的教學體制結合，所以旁徵博引。以前寫書不必註出處，可以隨意把前人的意見納入自己的視野；而《文學研究法》不一樣，清楚說明出處，這可以幫助諸位掌握各家對於文章的見解。在此之前，林紓的《春覺生論文》是一段一段的「文話」，而這書的體例卻近乎現代學術著作，是一本很不錯的關於古文寫作的論著。這書於一九八九年由大陸的黃山書社重新印刷，很容易找到。

一九一七年後，姚永樸也離開了北京大學，同林紓一樣，姚永樸之離開北大，並不是自然而然，而是受章太炎的弟子們打擊，被迫出走。這裡不只是一種純粹的人際關係上的矛盾，背後還有文派的差異，或繼唐宋，或取六朝。廣義來說，後者也就是我們所謂的「選學」一派，代表人物是黃侃與劉師培。這兩人在北大任教的時間，分別是一九一四至一九一九年，與一九一七至一九一九年。劉師培先生早年曾誤入政壇，有過一些很不妥適的舉動，在政治史上常被作為反面典型提出來批判，以致晚年窮困潦倒。不過，當時的蔡元培校長非常器重他的學問，請他到北大教書。兩年後，他就去世了。黃侃的離開北大，很大原因是跟北大的新文化同仁鬧意氣。他當年在日本的同學，如錢玄同、魯迅、周作人等人，都是提倡新文化的幹將。他看不過去，跟人家爭，爭不過，一怒之下，就離開了。

據說黃侃先生在北大名聲很大，除了「學問」外，還有經常「罵人」。他可以從開篇一直罵到快下課，最後才帶出一點專業問題。可他學問很好，雖脾氣大，人緣不佳，大家也都接受他。但在新文化運動的大本營，他顯然活得不太愉快，因此，最後選擇了離開。這兩個人，在北大教書時，留下了兩本書——劉師培的《中國中古文學史》和黃侃的《文心雕龍札記》。這兩本書，成了六朝文派在清末民初最主要的理論著作。同是北大講義，這兩本書與林傳甲《中國文學史》的泛泛而談大不相同，是專業性很強的專題論述。

黃侃跟劉師培先後進入北大講課，分別留下了《文心雕龍札記》和《中國中古文學史》兩本大作，這不只是代表六朝文派的個人著作，更預示著當時學術思潮的轉變。在短短幾年時間裡，北大由桐城文派的大本營，迅速被以章門弟子為骨幹，提倡魏晉六朝文的選學一派所占領。大學校園裡，政治權力與文派爭辯糾合在一起，使得學術思潮和主流話語的轉化迅速完成，顛覆了原本以唐宋八大家為盟主的文學史想像。

黃侃早年在章太炎門下受業，對比僅大他兩歲的劉師培，也曾執弟子之禮。章、劉兩人的文學觀念不盡相同，甚至還有過極為深入的爭辯；黃侃面對這樣的情形，是怎麼處理的呢？他兩邊都不得罪，採取折衷的態度，並在充分的消化、吸收後，轉化成自己的看法，推陳出新。《文心雕龍札記》可說是他文論思想最為精華的部分，這本書作為一代名篇，在學術史上具有永久的價值，即使是現在，也都是學者必須借鏡、引述的重要著作。同學有興趣的，可以自行閱讀，我在這邊不多做評論。我要指出的是，這本書寫作的特殊背景——就是我們剛剛說的北大裡邊學術風氣的轉移——使得全書帶有明顯的論戰色彩，主要的論點很簡單，就是「提倡選學，排斥桐城」。隨便舉幾個例子，像是〈原道〉篇的札記這麼說：「蓋人有思心，即有言語，既有言語，即有文章。言語以表思心，文章以代言語，惟聖人為能盡文之妙。所謂道者，如此而已。此與後世言『文以載道』者截然不同。……今置一理以為道，而曰文非此不可作，非獨昧於語言之本，其亦膠滯而罕通矣。」很明顯，這是在批評古文家。這段文字，直接針對的是桐城文派的「學行繼程朱之後，文章在韓歐之間」。對這兩大理論支柱提出質疑，直斥他們愚昧不通，罵得很重。另外，在〈麗辭〉篇的札記中，他又說：「近世褊隘者流，競稱唐宋古文，而於前此之文，類多譏誚。其所稱述，至於晉宋而止。」這段話，同樣論戰氣息極為濃厚。

接下來，我們再引一段〈通變〉篇札記的文字。黃侃在這裡借題發揮，直搗桐城派的根基：「彥和此言，為時人而發。後世有人高談宗派，壟斷文林，據其私心，以為文章之要止此，合之則是，不合則非，雖士衡、蔚宗，不免攻擊，此亦彥和所譏也。」在這裡，他指責對方「高談宗派，壟斷文林」。作為一種批評策略，這種疾風固然有效，可雙方彼此攻詰叫罵，並不構成獨立的理論體系。說起來，黃侃雖長於小學，鑽研《文心雕龍》，亦有獨到之處；加上落筆為文，簡雅合度，堪稱近世不可多得的兼修「文」、「學」的大師。只是要說到文學觀念，嚴格說來，他還算不上「成一家之言」，主要的理論思路，大多是從劉師培那裡接過來的。下面我們就來看看劉師培。

劉師培是一九一七年才來到北大講學的，不過，早在十年前，他就已經聞名文壇，獨樹一幟。他幾篇重要的文論，如〈廣阮氏文言說〉，還只是接續清人的爭論，把文章必須「沉思翰藻」、「有韻偶行」的說法，重新提出來申論一番。但像《文說》、〈文章源始〉、〈論近世文學之變遷〉、〈論美術與徵實之學不同〉及《論文雜記》等等，那真的就是逐漸勾勒建構起一個頗具特色的文論體系了。

在劉師培的文論體系中，最重要的主張是「駢文之一體，實為文類之正宗」，也因此，他對桐城派「以經為文，以子史為文」的論調相當不以為然，對近世文壇上「枵腹之徒，多托於桐城之派，以便其空疏」，更是以冷嘲熱諷的方式表達他的不滿。這點，我們稍微瞭解一下就行了。在這裡，我想指出的是，劉師培很早就對「文學史」的研究與寫作表現出高度的關注與興趣。他在一九〇五年發表的〈文章源始〉一文中，引述日本學者所撰《羅馬文學史》的說法，用來論證文體變遷乃「事物進化之公例」，已經觸及文學史的思考；更讓人驚訝的是，當時年僅二十二歲的劉師培，甚至已經寫成《中國文學教科書》一冊。諸位想想，二十二歲啊，要是現在，大學剛畢業。到北大講學時，他更是將文學史的著述作為名山事業來苦心經營。我引幾段他的自我陳述，大家讀讀，很容易明白他的學術志向。《搜集文章志材料方法》開篇就說：「文學史者，所以考據歷代文學變遷也」；結尾又有「此則徵實之學也」的基本判斷。另外，《漢魏六朝專家文研究》之十七說稱：「論各家文章之得失應以當時人之批評為準」，更可以清楚看出他的研究策略，以及撰述體例。

劉師培既關心文學史的寫作，又對魏晉時期的文學深造有得，他的《中國中古文學史》一書，雖然是依據他在北大授課時的講義整理出版的，還是可以看出其深厚的學養。這本文學史，後來備受學界推崇，連眼界高過頭頂的魯迅，也對本書頗有好感。各位知道魯迅的眼光和個性，能被他大力肯定，這是相當不容易的。另外，需要特別說明的是，在現代中國學界，真正將「文學史」作為一門「專門學問」來深入探討、研究，而且其著述影響後世、歷久不衰者，這本書應該是第一部。林傳甲的《中國文學史》雖然是這個領域的開山之作，但那是為課程需要匆忙趕寫而成的，書中的討論仍屬泛泛；劉師培的書大不一樣，已經是非常專業性的論述了。

以上稍微介紹了劉師培、黃侃，以及林紓、姚永樸這兩組人馬，比較他們在北大時期的講義，前者推崇六朝，後者獨尊唐宋；前者勝在學養豐厚，後者則以體會深入為優。本來，二者各有千秋，難分軒輊，但事實上卻是前者一路高奏凱歌，而後者則落得兵敗如山倒的地步，這當中時局的變遷、人事的集合，當然是重要的因素，不過還有兩點同樣值得關注：一是六朝的文章趣味與當時剛剛傳入的西方文學觀念比較容易會通，一是樸學家的思路與作為大學課程兼著述體例的「文學史」比較容易契合，所以，此後幾十年的「中國文學史學」著述，走的基本上是劉、黃而不是林、姚的路子。

這樣講下來就很清楚了，在民初的北京大學，「桐城」、「選學」兩派勢同水火，爭鬥的結果是提倡六朝文的選學派大獲全勝。不過，後來迅速崛起的「新文化」運動，將清代延續下來的文派之爭一筆抹煞，開闢另外的論戰話題。選學派得勢後，位子都還沒坐穩，馬上又成為新文化人攻擊的目標；最直接的證據，便是錢玄同喊出來的口號：「桐城謬種，選學妖孽。」此外，黃侃轉教武昌高等師範學院（即今天的武漢大學），以及劉師培出任與《新潮》相對抗的《國故》月刊總編，在在都可以看出兩派之間彼此角力的痕跡。

最後一小節，我想簡要談談新文化運動興起後，作為知識生產的文學教育，是如何形成並得以迅速展開的。

## 四、作為知識生產的文學教育

提倡新文化的諸君，是什麼時候大舉進入北大的？一九一七年，就在最後一個桐城大家姚永樸悄然離去的同時，有四位現代中國學術史上的重要人物進入北大，那就是章門弟子周作人、留美學生胡適、以戲曲研究和寫作著稱的吳梅，還有就是對通俗文學有特殊興趣的劉半農。隨著這些人的到來，北大的文學教育，從此進入了一個新天地。

先前提到，發明「桐城謬種，選學妖孽」這口號的，是錢玄同。他和黃侃同出一門，都是章太炎在東京講學時的學生。不但如此，那時候活躍在北京學界的「新銳」們，或多或少都跟章太炎有些關係，有些是直接的師承，即使沒有，也都對他的為學為人表示高度的敬意，像胡適和陳獨秀就是屬於後一種。正因為如此，新文化運動在橫掃「舊文學」的時候，明顯「厚此薄彼」。仔細分析起來，你可以發現：五四新文化人中舊學修養好、有能力從學理上批評「選學」的，基本上都是章門弟子；他們對「選學」虛晃一槍後，便全力對付「桐城」去了。所以，我們看到的情況是，所謂的「謬種」不斷挨批，但「妖孽」基本上則無大恙。照理說，「謬種」與「妖孽」同為新文化人攻擊的目標，理應同受詰難，但兩者的待遇卻是天差地別。之所以造成這種情況，主要是因為人事的關係。「選學」不但沒有受到徹底清掃，反而成為新文化人批判桐城的武器。這一事實本身，也質疑了「妖孽」的命名方式。經由章太炎，以及魯迅、周作人兄弟的努力轉化，魏晉風度與六朝文章，將成為現代中國最值得重視的傳統文學資源。關於這一點，我在《中國現代學術之建立》中已有詳細的論述，有興趣的同學可以找來參考一下。這裡只需要大家略為瞭解，提倡新文化者，對桐城、選學雖然同聲撻伐，但實際上，桐城承受了絕大多數的攻勢和壓力；至於選學，表面上雖被批評，實則在某些人的幫助下，安然度過難關。

在砲聲隆隆中，「桐城」迅速退出歷史舞台，「選學」則歷經轉化，僥倖存留下來。一九一七年前後，新文化人大舉進入北京大學，占據絕對優勢；此後，白話文學的提倡、思想革命的催生、五四運動的爆發等，一連串的事件，構成了北大校園裡最為亮麗的風景線。而在這個轟轟烈烈的大時代，「文學教育」的蛻變，依然值得關注，而且是我們接下來要討論的重點。

接下來的討論，我還是以北京大學作例子。一方面，當然是因為我對這方面的資料比較熟悉；另一方面，北京大學位居各大學之首這一龍頭老大地位，這是無庸置疑的。在好多方面，北大都起著領導、帶動的作用，其他各大學的教育制度以至課程設置等，都拿北大作榜樣。所以，討論那時候的文學教育，拿北大作例子，我想是有代表性的。

第一節課上，我就曾提到「文學教育」或多或少、或直接或間接地影響了一個時代的文學走向。為什麼？因為課堂上所教授的，直接影響學生們的審美趣味與知識結構。所以，今天我們要談教育，首先要從「課程」入手，不只因為它最為具體，也因為它是整個「文學變遷」中的第一塊多米諾骨牌，尋根溯源，必須從這邊談起。

北大的檔案館裡保存了一九一七年北大中國文學門的課程表，我們看看，那時候的學生，上的是什麼課程。第一年，中國文學，一個禮拜六個鐘點；中國文學史——你看，文學史出來了——這一學年是從上古講到魏晉，三個鐘點；文字學，這年是講聲韻學的部分，三個鐘點；另外，還有希臘羅馬文學史，一個禮拜三個鐘點，哲學概論也是一樣；最後還得學第一種外國語，這要修八個鐘點的課。第二學年，中國文學，一樣是六個鐘點；中國文學史，這年從魏晉上到唐代，三個鐘點；文字學也是三個鐘點，上的是今天我們說的文字學部分；然後還有近代歐洲文學史跟美學，各三個鐘點；還得修第二外國語，八個鐘點。第三年，稍微輕鬆一點，中國文學六個鐘點，文學史三個鐘點，上唐宋以後的部分；文字學上訓詁，三個鐘點；然後是第二外國語，照樣八個鐘點。

另外，北京大學檔案館裡恰好藏有一九一八年的《北京大學文科一覽》，其中涉及國文系教員的，我同樣給大家唸唸，讓諸位對剛才說的課程表有更具體的瞭解。劉師培，一個星期上六個鐘點的中國文學和兩個鐘點的文學史；黃侃，一星期上十個鐘點的中國文學；朱希祖，上中國古代文學史兩個鐘點和中國文學史大綱三個鐘點；錢玄同，上文字學六個鐘點；周作人則負責歐洲文學史和十九世紀文學史各三個鐘點；吳梅，除了教授詞曲十個鐘點外，還負責近代文學史兩個鐘點；還有黃節，負責講中國詩，一星期六個鐘點。

將以上兩份資料略為歸納，我們至少可以得知幾件事，第一，「文學史」成了中文系的重點課，這很重要，轉變已經完成了。第二，中文系的學生不能繞開「歐洲文學」，有希臘羅馬，還有近代歐洲文學史的課程。第三，「近世文學」開始受到重視；第四，此前不登大雅之堂的「戲曲」與「小說」，如今也成為大學生的必修課，這當然有時代因素，五四新文化人的推動功不可沒。這裡要稍微說明一下，「中國小說」部分，校方知道很重要，也準備開設相關課程，但一時找不到合適的人選，只好設計成系列演講的形式，像胡適、周作人、劉半農等人都曾為學生做專題講演。直到一九二〇年，魯迅接受了北大的聘請，前來講授「中國小說史」，才補上這個缺。

此後，中文系的課程才顯得比較完整。

只講課程還不夠，老師給學生們講課，一般會有教材，按照當年北大校方的規定，每門正式課程，上課前都必須為學生提供講義。即使講義很簡明，沒關係，但必須有。那時很多課是新開設的，哪來的講義？大部分教師都是一邊編講義，一邊進行教學。當時的北大教授，個個學有專精，雖是草創之初，沒辦法靜下心來仔細寫作，但這些講義經過修訂後正式出版，大都成了學術史上的重要著作。這點很讓人佩服。除了先前提到的林紓、姚永樸、劉師培、黃侃等四人的著述，提倡新文化的北大教授們，他們的講義，更是可用「石破天驚」來形容。像周氏兄弟的《歐洲文學史》和《中國小說史略》，都是該領域的開山之作，後者直到現在，都還是很難超越的標竿。胡適的《五十年來中國之文學》，將「當代文學」納入考察的視野，有利於矯正中國人根深柢固的崇古傾向。胡適這本於一九二二年出版的小書，雖然不是他在北大上課的講義，卻跟他在北大的工作息息相關，故也列入我們的討論範圍。至於在戲曲研究方面多有獨到見解的吳梅，任教北大前後，完成了他的代表作《顧曲麈談》和《中國戲曲概論》，其《詞餘講義》才是北大講義，由北京大學出版部印行。還有一位劉半農，相信大家對他並不陌生。日後成為著名語言學家的劉半農，五四時期做了些什麼？他當時以組織歌謠的徵集活動，以及模仿民歌創作《揚鞭集》和《瓦釜集》著稱於世。

這麼拉拉雜雜的介紹，諸位應該有大致的印象，知道新文化運動時期的北大中文系，實在是朝氣蓬勃，有如旭日東升，令人悠然神往。在當時眾多實際功績中，形成「文學史」的教學和著述傳統，並不是最顯赫的；不過，文學史教學不同於一般的批評實踐，作為一種知識體系，需要新學制的支援，也需要一代代學生持續不懈的努力。要說「文學史」的興起無足輕重，那倒也不然。這種融古今於一爐的歷史想像，既是基礎知識，同時也可以是文學主張；既是革新的資源，同時又是反叛的旗幟。此外，倘若將「百年樹人」這一大學教育的特點考慮在內，西學東漸以後形成的以「文學史」為核心的「文學教育」，所可能發揮的巨大作用，以及所遺留的許多問題，都是非常值得我們深入反思的。這樣看來，這個問題的確值得我們投以關懷的目光與心力，也值得我們花上這麼大的力氣，在台大課堂上認真討論。

最後，我想說，我目前做的研究，只是個開頭；如果真要探討作為一種知識生產的文學教育在百年中國的歷史演變，只拿北大作為個案，顯然是不夠的。只能說，我拋了塊磚頭，希望有興趣的同學，一起來關心，一起來討論。

## 註釋

1 這四位大學者是章太炎、梁啓超、周作人和胡適。關於他們演講的意義及重要性，請參見陳平原，〈學術講演與白話文學〉，《中國大學十講》（上海：復旦大學，二〇〇二），頁一三五—八四。

外一講

# 文學的北京

二〇〇三年十一月十日

陳妤諳・賴佩暄／記錄

首先，我必須回答這麼一個問題：為什麼選擇北京作為演講題目？去年秋冬，我來台大中文系客座一學期，最大的感覺是，上海對台北民眾的親和力，遠遠高於北京。這裡的很多人，覺得上海很可親近；至於北京——還有人依舊叫「北平」，則相當陌生。甚至有人問我，到底是北京大，還是台北大？我說，這很容易解答：北京有一千三百萬人口，台北是三百萬；台北市的面積，大概等於北京市的二十七分之一。當然，我這裡所說的北京，是包括郊縣的——現在大都改為區，如通州、昌平等。一座城市，面積太大、人口太多，不一定是好事，可人家還歷史悠久呢。這你就不能不刮目相看了吧？

最近，我們在北大開了個題為「北京：都市想像與文化記憶」的國際學術討論會，剛好碰上北京市紀念建都八百五十週年，很受關注。不說五十萬年前的周口店「北京人」，也不說此地已有三千年的城市史，更不說春秋戰國時燕國在此建都（稱薊）、西漢末年王莽在此立大燕國（別名燕京），咱們還是從西元一一五三年金中都建成，海陵王下詔遷都，北京正式成為「號令天下」的國都說起。從那時到現在為止，除掉中間的二十多年，即西元一九二七至一九四九年國民政府定都南京，把北京改為北平，其他時間，北京都是國都。既然在很長時間裡，北京是國都（帝京、首都），各方面的人才都會跑到這兒來，政治家、商人、文學家，全都來了，不見得在這兒定居，但總得來走走、看看。這樣，就必定留下一大批關於北京的文字資料，包括詩文、小說、戲曲等文學作品。同學們有沒有想過，許地山的父親許南英，當年高中進士，他從台南到北京趕考，一路上怎麼走過來的？隨身攜帶什麼物品？中間碰到多少艱難險阻？這些細節，其實很有趣的，對於學文史的人來說，這些是必不可少的歷史記憶。像這一類的問題，都留在騷人墨客的詩文裡。

這就是我所關心的「文學的北京」。從金代開始，歷經元、明、清、民國，一直到今天，八百五十年歷史的國都，該有多少激動人心的故事及人物，殘留在文人的「記憶」，以及文學作品裡。諸位唸中國文學，講到元雜劇，老師肯定會告訴你們，關漢卿，元大都人。元大都，也就是今天的北京。可除此之外，我們無法找到更多有關關漢卿與北京城的直接聯繫。明清以後就大不一樣了，很多文人用生花妙筆，記載、描繪、表現北京這麼一座了不起的都城。這一類的文字資料很多，是後人想像北京的重要依據。

在我看來，一座都城，有各種各樣的面相。有用刀劍建立起來的，那是政治的北京；有用金錢鑄造起來的，那是經濟的北京；有用磚木堆砌而成的，那是建築的北京；有用色彩塗抹而成的，那是繪畫的北京；有用文字累積起來的，那是文學的北京——這個經由史家的學識與文人的激情，用文字塑造出來的北京城，最容易感知，也最好觸摸，我們今天，就準備從這裡進入。

這學期，我在北大開了一門課，就叫「現代都市與現代文學」，每週帶著研究生一起閱讀、討論下面這九本有關城市的書：Richard Lehan 的《文學中的城市：思想史與文化史》（*The City in Literature: An Intellectual and Cultural History*）、李歐梵（Leo Ou-fan Lee）的《上海摩登：一種新都市文化在中國，一九三〇—一九四五》（*Shanghai Modern: The Flowering of a New Urban Culture in China, 1930-1945*）、趙園的《北京：城與人》、謝和耐（Jacques Gernet）的《蒙元入侵前夜的中國日常生活》（*Daily Life in China, on the Eve of the Mongol Invasion, 1250-1276*）、陳學霖的《劉伯溫與哪吒城：北京建城的傳說》、施堅雅（G. William Skinner）主編的《中華帝國晚期的城市》（*The City in Late Imperial China*）、卡爾・休斯克（Carl E. Schorske）的《世紀末的維也納》（*Fin-de siècle Vienna: Politics and Culture*）、班雅明（Walter Benjamin）的《發達資本主義時代的抒情詩人》（*Charles Baudelaire: A Lyric Poet in the Era of High Capitalism*），以及石田幹之助的《長安之春》。選書的標準，除了學術質量，還希望兼及思路與方法、文學與歷史、中國與外國、古代與現代等。學生們對《世紀末的維也納》和《發達資本主義時代的抒情詩人》兩本書尤其感興趣，那種遊手好閒的姿態、那種觀察品味城市的能力，那種將城市的歷史和文本的歷史攪和在一起的閱讀策略，都讓他們很開心。同樣道理，閱讀北京，理解這座城市的七情六欲、喜怒哀樂，也是要兼及歷史與文學。

在座的諸位同學，也許你們讀過像《狄更斯與倫敦》、《雨果與巴黎》、《卡夫卡與布拉格》、《喬伊斯與都柏林》這樣的著述，再塞給你一本《老舍與北京》，也沒什麼了不起。今天我講的，不是某某作家的都市體驗，而是希望藉助若干篇散文，呈現北京作為一座城市的形象與氣質。而且，不想選擇那些獨一無二的景觀，譬如故宮、天壇、長城、頤和園等，而是談談每一個到過北京或準備前去旅遊的人都必須面對的，那就是北京的春夏秋冬。

大家可不要誤會，以為我是北京市旅遊局派來拉客的，光揀好聽的說。記得有人說過，某些城市只能接受好話，受不了委屈，而北京，已經超越了這個階段，你說好說壞，它都無所謂。甚至，最喜歡說這座城市壞話的，很可能正是北京人。一邊嘲笑，一邊樂滋滋地生活在這座被自己罵得一塌糊塗的城市。有一回跟作家莫言聊天，他用說相聲的口吻，轉述一個段子：人大、政協開會，外地代表紛紛表示要為首都做貢獻，山東代表說，為解決春天風沙大的問題，準備建一個塑膠大棚，把北京市統統罩起來；山西代表說，為解決到美國簽證難的問題，準備在北京挖一條直通華盛頓的地道；最絕的是河南的代表，說是為一勞永逸地解決北京市的環境衛生問題，準備為每一隻蚊子戴上口罩，為每一隻老鼠配上安全套。我一聽馬上說，這笑話，準是北京人編的。北京人就是這樣，對政府有意見，不直接罵，繞著彎子說，很刻毒，可又有幽默感，讓你哭笑不得。

下面這幾篇文章，偶有幾句怪話，但總的基調是懷念，所以很溫馨的。需要說明的是，周作人的文章是在北京寫的，其他三位，郁達夫、張恨水、鄧雲鄉，都是人在異鄉「懷想北平」。這你就不難理解，周文的調子為什麼跟其他三位不一樣。對於眼前的生活不乏批評，對於過去的時光多有依戀，這是人之常情。好吧，閒話休提，讓我們趕緊進入北京的四季，在欣賞這些美文的同時，希望能帶出一些有趣的問題。

## 一、關於〈北平的春天〉

我準備討論的第一篇文章，是周作人的〈北平的春天〉。周作人，一八八五年出生，一九六七年去世，筆名知堂、豈明等，浙江紹興人，五四時期以〈人的文學〉、〈平民文學〉等論文，以及眾多兼及知識與趣味的小品著稱於世，可說是五四新文學的主將之一。周氏早年文名極盛，抗戰中落水，一九四六年在南京老虎橋監獄被國民政府判處十年徒刑，一九四九年一月保釋出獄，八月重歸北京，晚年以譯述日本及古希臘作品為生。讀他撰於一九四四年的〈我的雜學〉，聽他談對於古文、小說、外語、希臘神話、文化人類學、生物學、兒童文學、性心理、醫學史、鄉土民藝、浮世繪、玩具、佛經等的興趣，你肯定會驚訝其博學。因此，當他說自己別無所長，只不過是「國文粗通，常識略具」時，你就知道這個標準之高。反過來，在他眼中，國人的最大毛病，很可能就是缺乏「常識」、不通「國文」。

先說「國文」。五四剛過，周作人就開始自我調整，不欣賞胡適「明白如水」的白話，而是希望「混合散文的樸實與駢文的華美」，並雜糅口語、歐化語、古文、方言等，以造成「有雅緻的俗語文來」。至於作為「常識」的知、情、意，周作人承認前兩者受古希臘及日本的影響，後者則是基於自家的中國立場。但有一點，從一九二三年撰〈自己的園地〉起，周就對各種各樣的「大名義」不感興趣，並自覺保持距離；至於一九二四年〈喝茶〉一文所表達的忙裡偷閒、苦中作樂、在剎那間體會永久、於粗茶淡飯中品味人生，更是成為日後周的生活信條。關於他的政治立場，學界有各種看法；但對於他在現代中國散文史上的地位，基本上沒有異議。要說二十世紀中國散文，成績最大的，很可能還是周氏兄弟。像同樣名氣很大的林語堂、梁實秋等，單就散文而言，在我看來，都不能跟二周比。

談論周作人的〈北平的春天〉，我想轉個彎，從此前的兩篇周文說起。先說寫於一九二四年的〈故鄉的野菜〉。這裡的關鍵是「故鄉」——周本南人，但長期生活在北京。中年以後，周作人不斷在文章中追憶故鄉浙江紹興的風土人情；但同時，他又喜歡談論自己目前生活的北京。在〈故鄉的野菜〉裡，有這麼一段話：「我的故鄉不止一個，凡我住過的地方都是故鄉。……我在浙東住過十幾年，南京東京都住過六年，這都是我的故鄉；現在住在北京，於是北京就成了我的家鄉了。」對於周作人來說，紹興是出生地，南京、東京是念書的地方，至於真正登上歷史舞台，則是在北京。此後，作為長期生活在「北地」的「南人」，周作人既以懷舊的筆調談論紹興，也以「南方」作為尺規，衡量眼下居住的這座北方城市。

我關注周作人的這個說法：住久了，就是故鄉。因為，在現代社會，籍貫變得越來越不重要，重要的是居住地。換句話說，「在地」的思考、「在地」的情感，以及「在地」的知識，對現代人來說，變得比很可能從未到過的原籍要重要得多。以前做文學史、文化史研究，經常談論宋代或明、清的進士分布，藉以考察一個地區的文化及教育水平。而且，各種詩派、文派的成立，也喜歡以地望命名。但在現代社會，這行不通。即便你在原籍出生、長大，可中學畢業後，你到外面上大學，甚至到國外留學，轉益多師，我們很難再用「地方文化」來描述你、闡釋你。我再引申一下周作人的觀點：對於你長時間居住的城市，你應該對它感興趣，關注它的風土人情、歷史記憶、文學想像，不單是趣味，也是責任。正是在這個意義上，我這「南人」，在北京生活了二十年，也開始有了談論這位「老朋友」的興致。

周作人有一篇談北京的文章，叫作〈北京的茶食〉，說的是：「住在古老的京城裡吃不到包含歷史的精煉的或頹廢的點心，是一個很大的缺陷。北京的朋友們，能夠告訴我兩三家做得上好點心的餑餑舖麼？」到哪裡去找精緻的點心，這樣的問題，也值得寫成文章？可周作人不覺得這是小題大做，因為，他厭惡「二十世紀的中國貨色」，感嘆代表「風流享樂」傳統的眾多食品消失了，取而代之的是各種粗糙惡俗的模仿品。這令他痛心疾首。這篇文章寫於一九二九年，那年頭，左翼文人正在提倡「血與火」的革命文學，而周作人卻在滿北京城找好吃的點心；因為吃不到，還寫文章訴苦，這不挨罵才怪。周氏談論點心之好不好吃，還講究什麼「精煉的或頹廢的」，如此渲染安閒且豐腴的生活，跟當時上海的革命文學家相比較，真是天差地別。此文之引起反感，可想而知。但周作人有自己的解釋：「我們於日用必需的東西以外，必須還有一點無用的遊戲與享樂，生活才覺得有意思。」近代以來的生活，過於講求功利和實用，做每件事，都事先計算好，希望能有看得見摸得著的實際效果，這樣急功近利，沒有意思。無用的東西，譬如遊戲，對於生活來說，其實很有意義。舉例來說，我們看夕陽、觀秋荷、聽雨、聞香、喝不求解渴的酒、吃不求飽的點心，都是生活上必需的。你能因為它不影響「溫飽」，就否定觀賞落日的意義？之所以談點心時，要點出「歷史的」、「精煉的」、「頹廢的」三個修飾語，就因為它有關文化、審美、心情，故不可忽略。

這種追求「精緻」的生活趣味，是有明顯的針對性的。第一，晚清以來，我們相信「科學」，追求「進步」，崇尚「西洋文明」，對於自家原先某些精緻、悠閒的生活方式，棄之如敝屣，這種態度，在周看來，並不可取；第二，左翼作家對革命文學的提倡，對頹廢文藝的批判，以及將政治與文學捆綁在一起的功利性，周作人很不欣賞；第三，更值得我們關注的是，在整個論述的過程中，周作人始終把「文化精神」和「生活趣味」扭結在一起。一般人會認為，日常生活裡的東西，譬如點心，沒什麼了不起；可周作人卻從點心的粗糙看出文化的粗糙、靈魂的粗糙。必須承認，這跟日本文化中對「精緻」的追求，有直接的關係。

可這種趣味，弄不好，就滑落成今天的「小資」了。「小資」就是「小資產階級」，現在大陸很流行的詞。說你這個人挺「小資」的，就是說，雖然不是很有錢，但生活還過得去，講求品味，瞭解時尚，讀一點文學，聽一點音樂，喜歡名牌，還不時表現一下自己的「不同流俗」。真高雅的，不是「小資」；有錢沒文化的，也不算「小資」。「小資」的必修課，包括張愛玲、村上春樹、米蘭•昆德拉（Milan Kundera）、王家衛、伊朗電影、小劇場藝術等。「小資」喜歡炫耀自己「有情調」，批評別人「沒品味」。這是現在的狀態，半個多世紀前呢？

那時左翼文學蓬勃興起，「精緻」的生活趣味受到嚴重壓制。人家都在關心國家大事，流血流汗，你還在談什麼點心好不好吃，不覺得害羞？在這種氣氛下，周作人等京派文人的姿態，不被青年學生看好——不只是批評，簡直是蔑視。這種對於「閒適」的批判，自有其合理性，但未免過於功利了些。當然，這跟年齡也有一定的關係。記得林語堂說過：人的一生，就好像過馬路，先看看左，過了中線以後，再看看右。三十歲以前不激烈，沒出息；五十歲後還激烈，這人也挺可怕的。一九三〇年代的周作人、林語堂、梁實秋等，大致都過了熱血沸騰的年齡，其鄙薄文化上的功利主義、追求精緻的生活趣味，不能說一無是處。當年很多青年人看不起周作人等，覺得他們只顧自己安逸的生活，精神萎靡，格局太小。可過了幾十年，我們明白宏大敘事與私人敘事之間的縫隙，瞭解政治與審美的距離，也明白崇高與幽雅是兩種不同的生命境界，學界對於激進而粗糲的革命想像，開始有了幾分認真的反省；同時，對於周作人之強調文化上的精緻，也有了幾分同情之理解。

好，話說回來，介紹前面這兩篇文章，是為主角的登場作鋪墊。記得兩點：第一，這城，居住久了，就是家鄉，就值得我眷戀；第二，文化精神跟日常生活趣味，完全可以聯結在一起，口腹之欲，有時候能上升到精神層面。有了這兩個觀念，接下來，就該進入〈北平的春天〉了。

周作人的文章很有特點，用他的自己話說，就是「澀」，真的很像苦茶，不搶口，有餘甘，能回味，經得起咀嚼。必須是有文化、有閱歷的人，才能接受、才能欣賞。有人的文章，是寫給中年人的，譬如周作人；有人的文章，是寫給少年人的，譬如徐志摩。喜歡徐志摩的讀者，很可能不欣賞周作人；反過來也一樣。這涉及寫作者的趣味、心態，還有文章的結構、語言，以及表達方式。題目〈北平的春天〉，一開篇卻是：「北平的春天似乎已經開始了，雖然我還不太覺得。」你看，曲裡拐彎，彆彆扭扭的，就是不讓你讀得順暢。文章的結尾又是：「北平雖幾乎沒有春天，我並無什麼不滿意，蓋吾以冬讀代春遊之樂久矣。」這樣的正題反作，故意違背常規，以春遊始，以冬讀結，阻斷你的習慣思路，引起閱讀興趣。寫文章最怕輕車熟路，你剛開口說第一句，讀者就猜到你下面會說什麼。周作人的文章相反，有時候用典，有時候插入大段古文，有時候東拉西扯，有時候跳躍前進，總之，就是不讓你感覺「滑」，非要你停下來琢磨琢磨不可。

文章開頭說，北平的春天開始了，可春天並非一種概念的美，而應該是一種官能的美，能夠直接用手、腳、鼻子、眼睛來領略的，那才是真正的春天。根據少年時代在紹興掃墓的經驗，所謂「遊春」，必須跟花木、河水有直接的聯繫。春天到了，花草樹木，或吐芽，或著花，一切都是生機勃勃的，再加上那一汪清水，還有「春江水暖鴨先知」，春天的感覺這才真正體現出來。可北平呢，北平的春天在哪？周作人說，雖然在這座城市生活了二十多年，對於「春遊」沒有任何經驗。妙峰山很熱鬧，但沒去過；清明郊遊應該有意思吧，也沒去過。為什麼？就因為北平是一座內陸城市，旁邊沒有大江大河；而缺少了水氣，不僅「使春光減了成色」，更使得整座城市缺乏某種靈氣與風情。

老北大在城裡，地名叫北沙灘，就在故宮旁邊。那裡現在還有個地名，叫「北河沿」，當年是一條小水溝。北大著名教授劉半農專門寫了篇文章，題目挺嚇人的，叫〈北大河〉。文章大意是說，全世界著名的大學，要不擁有湖泊，要不臨近江河——有水為伴，大學方才有靈氣，在這裡讀書，才會充滿靈感。他老兄是在巴黎留學的，肯定想起了塞納河邊讀書的美好時光。北大周圍沒有江河，實在可惜，劉教授靈機一動，就把這條小水溝命名為「北大河」。可後來城市發展，修馬路，連這條小水溝都被填平了。諸位有興趣的話，到北京時，看看那叫「北河沿」的，現在是如何的車水馬龍。幸虧一九五二年後，北大搬到原燕京大學的校址，也就是現在的燕園。那裡倒是有個湖，很大的湖，錢穆給起的名字，叫「未名湖」。未名湖是北大的最大風景，也是學生們的愛情聖地。在國外，經常聽人家說，你們的校長來訪問，講話很幽默嘛，一上來就是：我們北大沒什麼，「一塌糊塗」。大家都很驚訝，校長於是慢慢抖開包袱：北大風景最好的，一是未名湖，二是博雅塔，三是剛擴建的圖書館。合起來，不就是「一塔湖圖」嗎？這個「幽默」使用頻率太高，越來越不好笑了。但我承認，這三個景點，尤其是未名湖那一汪清水，對北大來說，太重要了。

無論是一所大學，還是一座城市，有足夠的水，對於生活與審美，都至關重要。北京沒那麼多的水，因此，北京的春天，顯得不夠腴潤，也缺乏靈氣，來也匆匆，去也匆匆，似乎沒有真正存在過。很多人都談到，北京的春天太短暫，冬天剛剛過去，夏天馬上就要來了，稍不留意，慌裡慌張的春天，就從你的手指縫裡溜走了。北京的春天若有若無，似乎不曾獨立存在過，不像南方的春天，可以讓你從容欣賞，周作人對這一點頗有怨言。

我的感覺跟周作人不一樣：正因為北京的春天難得，稍縱即逝，所以北京人才會格外珍惜，才要大張旗鼓地「遊春」。我在南方長大，那麼多年了，就是沒有感覺到「春遊」的必要性。人家都誇你的家鄉「四季如春」，開始我也很高興；可到北方生活一段時間後，我才知道「四季如春」不是好詞。一年四季，除了涼一點，熱一點，沒有什麼變化，這不是什麼好事。第一次見到北京從冬天到春天的轉變，對我這樣一個南方人來說，真的用得上「驚心動魄」四個字。記得那是陽曆三月初，天還很冷，我裹了一件借來的軍大衣，在大街走，還很不自在的。就在我寄居北京的那半個多月，眼看著湖面上的薄冰一塊塊地溶解，光禿禿的柳樹一點點地吐芽，這種生命從無到有的感覺，真讓人感動。我這才明白，古人為什麼一定要遊春，那是對於大自然的感恩，對於生命的禮讚！這種從冬眠狀態中甦醒過來的感覺，在南方，可能也有，但不太明顯。

周作人慨嘆北京的水氣太少，春天來得太慌張了，這點我承認。不過，所謂北京的春天「太慌張一點了，又欠腴潤一點」，似乎還另有所指。二十世紀的中國人，在危機中崛起，很急迫地往前趕路，確實是走得「太慌張了」，缺少一種神定氣閒、天馬行空的精神狀態。因此，整個文化藝術顯得有點「急就章」，不夠厚實，也不夠腴潤。所謂的文化積累，需要金錢，需要時間，更需要良好的心境。當然，我這樣的解讀方式，顯然關注的是周作人的整個文脈。

從周氏一貫的主張及趣味看，「慌張」、「腴潤」云云，確實可引申開去。但你不能簡單對應，硬說這裡的「春天」象徵著「文化精神」什麼的；要是那樣的話，「冬天」怎麼辦？就像周作人說的，北平的冬天不苦寒，屋裡燒著暖氣，手不會凍僵，神清氣爽，特別適合於讀書寫作，這不也挺好？這就必須回到周氏文章的特色：基本上是個人化的表述，拒絕成為公共話語，你說他文章有沒有寓意，有，但點到即止，若隱若現，只能心領神會，不好過分坐實。

## 二、關於〈故都的秋〉

說過北京的「春」，該輪到「秋」了。這是北京最美的兩個季節。關於北京的秋天，我選擇的是郁達夫的文章，題目叫〈故都的秋〉。

郁達夫，一八九六年出生，一九四五年去世，早年留學日本，一九二一年出版小說集《沉淪》，是早期新文學最值得稱道的作品之一，也是五四那一代年輕人重要的啓蒙讀物，其自敘傳的小說體式，病態的美，以及感傷情調，讓當時剛剛覺醒的青年學生很受震撼。到了一九三〇年代，郁達夫的文風大變，或者像小說〈遲桂花〉那樣，讚美天然的、健全的、率真的女性；或者轉而撰寫山水遊記，以及舊體詩詞。郁達夫可以說是新文學家中舊體詩寫得最好的，當然還有魯迅、聶紺弩等。抗戰爆發，郁達夫先是在新加坡為《星洲日報》等編副刊，一九四二年撤到印尼的蘇門答臘，化名趙廉，在當地一家酒廠工作。有一次，日本憲兵欺負人，郁挺身而出，用日語跟人家交涉，這下子暴露了身分。憲兵隊長知道他非同尋常，大概也很快就摸清了他的底細，但不動聲色，繼續跟他打交道，還稱兄道弟的。可日本一宣布投降，憲兵就把郁達夫殺了，因為他知道的事情太多了。

郁達夫早年在北平生活，一九三三年起移居杭州，第二年，也就是一九三四年，短暫回京時，寫下了這篇讚美詩般的〈故都的秋〉。過了兩年，又寫了篇〈北平的四季〉，更是一唱三嘆：「五六百年來文化所聚萃的北平，一年四季無一月不好的北平，我在遙憶，我也在深祝，祝她的平安進展，永久地為我們黃帝子孫所保有的舊都城！」請注意，是「遙憶」，距離產生美感，這才有了「一年四季無一月不好」的讚嘆。

要說氣候宜人，北京最好的季節是秋天，但既然選擇了「北平的四季」，就看郁達夫怎麼說了。和周作人一樣，郁達夫也感慨北平的春天來得太匆忙了，還不如冬天可愛。因為，那最能顯示「北方生活的偉大幽閒」。什麼叫「北方生活的偉大幽閒」？寒冬臘月，屋外北風呼嘯，屋裡因為有火爐，故溫暖如春。既然外面走動不方便，那就在家中讀書寫作，遙思往事，或者跟朋友們說閒話、聊大天。大雪初晴，你也可以出去走走，你會覺得，天地為之一寬、精神為之一爽。要是騎驢訪友，那就更有意思了。文章中有這麼一段：「我曾於這一種大雪時晴的傍晚，和幾位朋友，跨上跛驢，出西直門上駱駝莊去過過一夜。北平郊外的一片大雪地，無數枯樹林，以及西山隱隱現現的不少白峰頭，和時時吹來的幾陣雪樣的西北風，所給與人的印象，實在是深刻，偉大，神祕到了不可以言語來形容。」

說過北平冬天偉大的幽閒，以及快雪時晴的愜意，該輪到春夏連成一片的「新綠」了。照郁達夫的說法，這是一個「只見樹木不見屋頂的綠色的都會」，你站在景山往下看，只見如洪水般的新綠。那是因為，北平的四合院本就低矮，院子裡又往往種有棗樹、柿子、槐樹什麼的，到了春夏，可不讓整座城市都籠罩在綠蔭中，看不見屋頂了麼？據說在一九三〇年代，還都是這樣，除了紅牆黃瓦的皇宮，其他全都被綠樹所掩蓋。皇宮不像民居，不能隨便種樹，有禮儀、審美的因素，但也不無安全的考慮。北平的四合院裡，有真樹，有假山，大缸裡還養著金魚和小荷，整個把大自然搬回了家。

但這是以前的北京，現在可不一樣，四合院及「同洪水似的新綠」，正迅速消退。現在北京正在進行大規模的城市改造，許多四合院因此而消失，這是文化人感到痛心疾首的。一九四九年，改朝換代，共產黨入城時，古城基本上是完整的，沒有受到戰火的破壞。站在歷史及文化的角度，幾十年戰亂，古城能保留下來，是個奇蹟，也是一大幸事。可進入五〇年代，共產黨人為了追求工業化與現代化，拒絕了梁思成等保存古城的合理主張，先擴街道，後拆城牆，老北京的容貌於是大為改觀。八〇年代以後，北京立意成為國際性大都市，政府與房地產商通力合作，把一片片四合院夷為平地，蓋起了很多現代化的高樓大廈。政府得意於城市建設發展速度之快，我們卻憂心北京變得面目全非。在文物保護方面，政府也做了不少事，譬如修復元大都遺址，還有掛牌保護一些有代表性的四合院。可城市的機能在改變，活著的傳統在消亡，即便留下若干孤零零的建築，意思也不大。這方面，政府和民間有很長時間的爭論，最近總算推出了一個法規，在文物及四合院保護方面，以後情況可能會有好轉。其實，台北也有這個問題，我去年在這兒講學，拿著老地圖訪古，也是面目全非。好不容易找到了一個老城門，又擠在高速公路旁邊，看著直讓人難受。

一個城市的歷史記憶，隨著現代化進程的加速，在很多地方，都將迅速失落。為了補救，一方面，我們會集合各種力量，盡力保護北京的四合院；另一方面，我想提倡「北京學」的研究。理原本希望退休了以後，作為一種業餘愛好；但這兩年我改變了主意，開始帶著學生摸索著做。理由很簡單，北京的變化太快了，十年、二十年之後，北京不知變成什麼樣子。那時候的學生，想做北京研究，想瞭解老北京的模樣，必須到博物館裡去看。今天，我們在城市裡，還能夠見得著各種老北京殘留的面影，還能摸得著石墩、看得見牌樓、進得去四合院，再過幾十年，你很可能只能到博物館裡去找了。所以，我要求學生們，除了上課以外，培養一種業餘興趣，帶上相機，大街小巷隨便遊蕩，即使將來不專門做北京研究，也都保留一點對於這座正在迅速轉型的都城的感覺和印象。這種感覺和印象，以後要讀很多很多書才能獲得的。

秋高氣爽，無論哪裡，大概都是一年中最好的季節，北平尤其如此。郁達夫想說的是，「北國的秋，卻特別地來得清，來得靜，來得悲涼」，比南方的秋天可愛多了。詩人氣質的作者，在文章的結尾，甚至用誇張的筆調稱：「秋天，這北國的秋天，若留得住的話，我願把壽命的三分之二折去，換得一個三分之一的零頭。」前面都很好，就這兩句，我不喜歡，感覺上有點「濫情」。雖然我們都知道，郁達夫人很好，襟懷坦蕩，可「為賦新詩強說愁」，此乃文人通病。

為什麼說北平的秋天特別高、遠、清、靜呢？那時留歐歸來的學生常說，走遍全世界，天最藍、空氣最好的，當屬北京。那是因為當時北京的工業不發達，加上城裡樹多，空氣污染少。現在可不敢這麼說了，前些年的沙塵暴，把北京人折騰得死去活來。今年不知是天意，還是前些年的努力，基本上沒有沙塵暴，希望以後能保持這個態勢。這幾年，在治理空氣污染方面，政府是做了不少事，譬如，以前北京居民冬天燒煤，現在改用天然氣；四環路以內的工廠，全部拆遷出去；還有提高汽車尾氣的排放標準等。這些事情，都在做，但我不知道，什麼時候北京才能找回二、三〇年代作家所激賞的那種湛藍、湛藍的天空。不過，且慢，郁達夫最為傾心的，其實不是藍天白雲，而是北京秋天所特有的那種悲涼、落寞，乃至頹廢的感覺。在一篇題為〈北國的微音〉的短文中，郁達夫把「淒切的孤單」作為「我們人類從生到死味覺到的唯一的一道實味」。對這種淒冷趣味的偏好，是郁達夫所有作品共同的精神印記。

文章說，不逢北國之秋，已將近十餘年了。在南方，每到秋天的時候，「總要想起陶然亭的蘆花，釣魚台的柳影，西山的蟲唱，玉泉的夜月，潭柘寺的鐘聲」。這是老北京可愛之處，即使你足不出戶，藏匿於皇城的人海之中，租人家一椽破屋來居住，都能夠聽得見遠處青天下馴鴿子的飛哨、看得見身邊那很高很高的天空，這種感覺好極了。讓郁達夫感慨不已的，是北京的槐樹。槐樹有兩種，一是刺槐，一是洋槐。洋槐移植到北京，大概只有一百多年的歷史，它是樹葉子綠時開花，成球地開著，大概是在五月；刺槐則是七月開花，一串串的像紫藤，不過是白色的。那像花又不是花的落蕾，鋪滿一地，踏上去有一點極細微極柔軟的觸覺，這場景，顯得如此幽閒與落寞。還有那秋風秋雨，以及秋蟬衰弱的殘聲，在詩人看來，頗有幾分頹廢的色彩，更是耐人尋味。

這座千年古都，整個城裡長滿樹，屋子又矮，無論你走到哪裡，都是只見樹木、只聞蟲鳴，跟生活在鄉野沒有大的區別。中國的傳統文人，喜歡居住在城市，懷想著鄉村，既有豐富的物質及文化生活，又有山水田園的恬靜與幽閒。這種「文人趣味」，在二、三〇年代的作家中還很普遍。今天台北的年輕人，特別能欣賞蓬勃向上的現代都市上海；但二、三〇年代的中國，還處在一個從鄉土社會向都市社會轉變的過程，人們普遍對過於緊張的生活節奏、過於強大的精神壓力，以及相對狹小的居住空間，很不適應。假如你喜歡的是空曠、自由、悠閒的生活，那麼，北平將成為首選。那個時候的很多文人，都說到了上海之後，才特別感覺到北京的可愛。當然，今天就不會這麼說了。我想，北京的都市化程度不及上海，有政治決策，有金錢制約，但不排除北京人——尤其是文人，對過分的都市化始終懷有幾分恐懼，乃至不無抗拒心理。

另外，北京的「鄉村」特色，與其建築上的四合院布局有關。剛才說了，四合院的最大特點，就是把山水、自然納入自家院內。就像郁達夫說的，秋天來了，四合院裡的果樹，是一大奇觀。我相信，很多到過北京的人，都對四合院裡的棗子樹和柿子樹印象極深。還記得魯迅那篇〈秋夜〉嗎？「在我的後園，可以看見牆外有兩株樹，一株是棗樹，還有一株也是棗樹。」秋冬之際，葉子落盡，光禿禿的枝頭，點綴著紅豔豔的棗子或柿子，真漂亮。四合院灰色的圍牆，屋頂上隨風搖曳的茅草，偶爾掠過的鳴鴿，再襯以高挑在天際的紅柿子，視覺效果上，會讓很多人過目不忘。

畢竟是文人，說到秋天，怎麼能拉下歐陽修的〈秋聲賦〉與蘇東坡的〈赤壁賦〉呢？再說，南國之秋也自有它特異的地方，譬如揚州廿四橋的明月、杭州錢塘江的秋潮、普陀山的涼霧、荔枝灣的殘荷等等，這些秋天也都是美不勝收。不過，郁達夫還是認定，在所有美好的秋天裡，北京的秋天，或者說北方的秋天，最值得懷念。因為，它把秋天特有的那種淒清與豔麗合而為一的況味，表現得淋漓盡致。

## 三、〈北平的五月〉與〈未名湖冰〉

談過「北平之春」與「故都之秋」，剩下來的，關於北京的夏天與冬天，留給小說家張恨水，以及學者鄧雲鄉。

張恨水，一八九五年出生，一九六七年去世，是現代中國最負盛名的通俗小說家。在二十世紀中國小說史上，有兩位通俗小說的大家，必須給予認真看待，一是活躍在三、四○年代的張恨水，一是活躍在六、七○年代的金庸。這兩位先生，或以都市言情取勝，或以武俠小說名家，都是大才子。張恨水一輩子寫了六十多部長篇，其中尤以《春明外史》、《金粉世家》、《啼笑因緣》、《八十一夢》等最為人稱道。像《金粉世家》、《啼笑因緣》，當年在報紙上連載，很受讀者追捧，結集成書，發行量更是遠超新文學家的著作。五○年代以後，張因被劃歸鴛鴦蝴蝶派，文學史家不大談他，或評價很低，以致幾乎被人遺忘。近年來，張恨水的小說重新得到學界的普遍關注，又被改編成電視連續劇，熱起來了。這裡不談他的文學史地位，只是關心其模仿《紅樓夢》等，講述京城裡豪門貴族的家庭恩怨，將言情與都市交織在一起，構成其小說的最大看點。因此，在張恨水的小說裡，有大量關於北京日常生活場景的精細描寫。

這是一個竅門，假如你想瞭解某地的風土人情，先鋒派作家不行，反而是通俗小說家更合適些。前者關注敘述技巧，表現人物內心深處的掙扎，對當下社會的日常生活不太在意；後者著重講故事，需要很多此時此地日常生活的細節，以便構擬一個具有真實感的小說世界。所以，單就小說而言，我們可以說張恨水之於北京，有很深的淵源（老舍也是這樣）；但我們很難說魯迅之於紹興也是這樣。實驗性太強的小說家，或者說關注人的靈魂的小說家，跟某個特定歷史時空的關聯度反而小。因此，假如從歷史文化的角度、從城市生活的角度，通俗小說家很可能提供了更多精采的細節。就像張恨水，他對當年北平的日常生活，是非常留意的。三〇年代中期，馬芷庠編了一本《北平旅遊指南》，專門請張恨水審定。對於我們進入歷史，這冊「指南」提供了很多資訊，除了名勝景點，小至火車票的價格，大至各家妓院的位置，甚至各大學的歷史淵源、辦學特色等，對於當年的遊客，以及今天的專家來說，都是很有用的。這是一本很有文化品味的旅遊指南，當作一般文化讀物欣賞，也都可以。

張恨水，這位對北平歷史文化及現實生活有特殊興趣的文人，一九四八年寫了一篇散文，叫〈五月的北平〉。文章開篇第一句話，就是：「能夠代表東方建築美的城市，在世界上，除了北平，恐怕難找第二處了。」東方建築的美感，體現在城牆、四合院，也落實在皇宮、佛殿。可張恨水更關心的，還是北平普通人家的日常生活。當然又是四合院了，不過，比郁達夫的文章更感性，有很多細微的觀察。五月，正是綠蔭滿地的季節，於是文章極力渲染棗花、槐花等，如何「把滿院子都浸潤在幽靜淡雅的境界」。大概受風土志的影響，作者老怕拉下什麼，於是面面俱到，反而分散了筆墨。就拿這無所不在的槐樹來說吧：在東西長安街，配上故宮的黃瓦紅牆，

「簡直就是一幅彩畫」；在古老的胡同中，映帶著平正的土路，「讓人覺得其意幽深」；在古廟門口，把低矮的小廟整個罩在綠蔭中，「那情調是肅穆典雅的」；還有那廣場兩邊的、大馬路上的……這樣平面且靜止的敘述，藝術感染力有限；不過，假如意識到作者對「旅行指南」的興趣，這樣的筆調不難理解。

文章以北平五月的翠綠、幽深，以及淡淡的花香，還有蜜餞、玫瑰糕、賣芍藥花的平頭車子等，營造出這麼一種印象：北平是全世界最悠閒、最舒適的城市。可那是盛平年代的記憶，現在，北平正面臨著毀滅的危險。這讓作者轉而憶起了〈阿房宮賦〉，我們能否逃過這一劫難？「好一座富於東方美的大城市呀，他整個兒在戰慄。」文章寫於一九四八年，那正是圍城之際。國共兩軍，假如真的在北平內外展開大規模戰役，這麼一座古城，很可能毀於一旦。好在這預言落空了。

最後，我想談談鄧雲鄉的〈未名湖冰〉。講周作人、郁達夫、張恨水，估計大部分同學多少總有些瞭解；至於一九二四年出生、一九九九年去世的鄧雲鄉，可能聽都沒聽說過。這不奇怪，因為他不是作家，是個學者。這位鄧先生，雖說是山西人，但祖上就寄籍北京了，一九四七年畢業於北京大學中文系，一九五六年後在上海電力學院教書。人在上海，但從小在北京長大，對這座城市十分熟悉，且充滿感情。因此，鄧先生寫了好多關於北京的書，像《北京的風土》、《紅樓風俗譚》、《北京四合院》、《增補燕京鄉土記》，以及《文化古城舊事》等。《文化古城舊事》

是他晚年寫的一本書，中華書局於一九九五年出版，文章很好，但校對不精，錯字不少。所謂「文化古城」，是指一九二七年國民政府遷都南京以後，北京由原先的「國都」變成了「文化城」，對此地民眾的生計，以及讀書人的精神狀態，都產生了很大影響。這篇談論北京冬天的〈未名湖冰〉，就選自這本書。

關於北方的冬天，念文史的朋友，很可能會想到「九九消寒圖」。梁宗懍的《荊楚歲時記》裡，有「從冬至次日數起，至九九八十一日為寒盡」的說法，以後歷代的風土志書，也都有關於九九習俗或「九九歌」的記載。至於「九九消寒圖」，明清兩代存在於北京的皇城，後流傳到民間。怎麼「消寒」？立冬時畫一枝梅花，上有九九八十一瓣，每天起來，用彩筆染一瓣，等到九九八十一天過去，原先的素梅變得鮮豔瑰麗，這時候，漫長的冬天也就過去了。這麼一種記載節氣變化的風雅遊戲，在《帝京景物略》等書裡有詳盡的介紹。

北京冬天的另一種遊戲，那就是滑冰。據說，滑冰在清代就很盛行，不過，那是在皇宮中，表演給皇上看的。晚清以後，才開始引入西式的滑冰工具與技藝。從表演給皇上看的特殊技藝，變成一種自娛自樂的體育活動，這方面，大學發揮很大作用。所謂「寒光刀影未名湖，北海稷園總不如」，是誇過去燕大、現在北大裡的那個未名湖，是京城裡溜冰的最佳場所。下場的精神抖擻，觀看的也其樂無窮——直到今天，還是如此。不信，諸位冬天抽空，到未名湖邊走走。至於溜冰的，校內校外、男生女生都有，但印象中，教師參加的少，這畢竟是一項主要屬於年輕人的體育與娛樂活動。年紀大了，一不小心摔斷了腿，不值得。像我，每年都在岸邊觀賞，僅此而已。念書時也曾下過場，但坐在冰上的時間，遠比站著的時間多，第二天就高掛免戰牌，因為感冒了。會滑的人當然很得意，不會滑的，連滾帶爬，也滿有趣的。這是冬天北大校園裡最為亮麗的一景，每個畢業生都會津津樂道。

## 四、文學與時令

北京當然還有很多可說的，我只是挑了四篇文章，讓大家欣賞文人筆下的春夏秋冬。這四個人，文化身分及趣味不太一樣，張恨水是長篇小說家，郁達夫是短篇小說家，周作人是散文家，鄧雲鄉則是學者。雖說「秦時明月漢時關」，永遠的春夏秋冬，但二十世紀中國作家用文字所構建起來的「北平的四季」，還是有其局限性的——既沒有明清，也不涉及當代，基本上是一九二〇至一九四〇年代北平的日常生活。

為什麼選擇最為常見的「春夏秋冬」，那是因為文學與時令不無聯繫。不管是「忽如一夜春風來，千樹萬樹梨花開」，還是「夜來風雨聲，花落知多少」，這些都屬於人類的共同記憶，不會因時間流逝或意識形態轉變而失去意義。中國文人很早就意識到這個問題——春夏秋冬有其永恆的意義。北宋時，宋綬編過《歲時雜詠》，共二十卷，收漢魏至隋唐詩一千五百首，這書後來散佚了；南宋初年，四川人蒲積中有感於此書未收同樣光彩照人的宋詩，於是著意重編，擴充成四十六卷的《古今歲時雜詠》，收詩二千七百餘首，按一年四季的節氣時令，如元日、立春、寒食、清明等收詩。按《四庫全書總目》的說法：「古來時令之詩，摘錄編類，莫備於此。非惟歌詠之林，亦典故之藪，頗可以資采掇雲。」這跟蒲積中〈序〉中的說法意思相通，可互相補充：「非惟一披方冊，而四時節序具在目前，抑亦使學士大夫因以觀古今騷人，用意工拙，豈小益哉！」

至於北京的歲時詩文，北京古籍出版社於一九九四年曾整理出版了北京圖書館所藏乾隆年間佚名編輯的《人海詩區》，共四卷十六門，其中卷四有「歲時」門，先分體（五古、七律等），再依時令排列，有點雜亂。劉侗、于奕正合著的《帝京景物略》，只是卷二「城東內外」中有一門，題為「春場」，在介紹「東直門外五里，為春場」時，順帶描述一年四季的各種習俗，同時引證了若干詩文。北京歲時詩文，最為集中，且最精采的，還是兩本清人的著述，一是清初潘榮陛的《帝京歲時紀勝》，一是清末富察敦崇的《燕京歲時記》。

讀此類詩文，就像蒲積中說的，不只希望知道四時節序，更想瞭解、鑑賞騷人文章。說到文章，擅長不同文體的作家，對時令的感覺與表達，很不一樣。另外，還必須考慮時代的差異。作為一個博學且通達人情的散文家，周作人之談論「北平的春天」，蘊涵著自己的文化理想。不只是北京的春天太慌張，北京人的生活也不夠優雅、不夠腴潤。與周作人的話裡有話、但點到即止相反，郁達夫非把自己的感覺表達得淋漓盡致不可。郁主要以小說名家，但我以為，他的散文比小說寫得好。套用他評蘇曼殊的話，浪漫感傷的郁達夫，也是人比文章還可愛。浪漫派文人的共同特點，就是特感傷，表達情緒時不節制，有時候顯得過火，就像剛才說的，〈故都的秋〉最後那段抒情，我就不覺得有必要。

張恨水是一位長篇小說家，他談都城、講四季，都帶有介紹風土人情、以便你進入小說規定情景的味道。剛才說了，通俗小說家比先鋒派作家往往更有文化史的眼光，譬如同樣提及京城裡的洋槐，郁達夫只說他如何如何感動，張恨水則告訴你洋槐什麼時候傳入中國，它與刺槐的區別在哪等。最後一篇〈未名湖冰〉，其實不是美文，是文化史札記，鄧雲鄉的《文化古城舊事》，是一本以隨筆體書寫的著作。鄧不以文采見長，可他趣味廣泛，書中旁徵博引，介紹了很多相關知識。

假如大家對城市有興趣，請記得，不能唯讀詩人、小說家的東西，必須將其與學者的著作參照閱讀。前年我在倫敦訪學，抽空去了一趟劍橋大學。去之前，找了好些談劍橋的書看，最後發現，有兩個人的東西不能不讀。一是徐志摩的《再別康橋》，一是蕭乾的《負笈劍橋》。劍橋大學的教授告訴我，華人來此，很大程度是受徐志摩詩的誘惑。那麼多人大老遠跑到康河邊漫步，就因為一首〈再別康橋〉。可我發現，徐志摩的詩文，包括〈我所知道的康橋〉，都不合適作為「旅遊指南」。因為詩人只顧躺在康河邊，望著藍天白雲，馳騁想像。而蕭乾不一樣，作為著名的小說家、戰地記者，又曾經在這泡過兩三年圖書館，對於這所大學的歷史、建制、風景、學術特徵等，都能說出個一二三來。因此，雖然是四十年後重返劍橋時寫的，〈負笈劍橋〉這篇長文，給我們提供了很多有用的知識。我想，這大概是通例，詩人、小說家激發你濃厚的興趣，記者、專家給你豐富的知識。諸位以後出門旅行，做功課時，最好同時讀兩種資料，一是文人寫的，一是學者寫的。這兩者拼合起來，才是一座既有前世今生、又充滿生活情趣的「文學城市」。不管你假期準備走訪北京、上海、杭州、西安，還是希望遊覽巴黎、倫敦、紐約、柏林，這個提醒都是必要的。

今天，藉著春夏秋冬，我介紹了一座文學城市。再說一句，雖然不是旅遊局長，我很歡迎諸位有空到北京，到「一塌糊塗」的北大走走。謝謝大家。

## 五、答聽眾問

**問：**我想問的是，老師以春夏秋冬作為切入點來談論北京，而北京是大陸性氣候，它四季鮮明，為什麼會養成了北京居民或是北京文人對於一種寧靜的、緩慢的生活的嚮往，或者說老是回溯過去？就像周作人明明是要寫北京的春天，可他的目光卻投向了北京的冬天。相反，上海那種南方城市，四季不分明，卻培養出一種騷動、期盼變化的性格。老師怎麼解釋這個差異。

**陳平原（以下簡稱陳）：**你的問題很有意思。從風土和人情的角度考量，北京四季變化這麼大，為何這兒的人反而性格平靜；上海四季沒多大變化，那裡的人反而有一種騷動不安的感覺。其實，這不是氣候問題，而是現代社會和前現代社會的區別。譬如說，現在的北京，也開始變得騷動不安起來了。若說氣候與性情有什麼聯繫，很可能是北京人對於順乎自然的領會。即生命中應該有節奏與變化，什麼時候該靜、什麼時候該動、什麼時候激烈、什麼時候悠閒，大有講究。我覺得，這一點跟四季分明有比較大的關係，也就是說，順應自然，春種、秋收、冬藏。至於說性格上的騷動與否，就像我剛才說的，是跟社會狀態與經濟活動有關，與氣候關係似乎不是很大。

**問：**請問，老師剛剛提到「文學的北京」，那老師覺得，「文學的北京」和「現實的北京」，到底有什麼異同？

**陳：**文學的北京和現實的北京，當然有很大的區別。文學家對於城市的表述是情緒性的，單面向的，帶有想像甚至幻想的成分，他／她不負責給這座城市做全面的總結或鑑定。另外，文學家大都有強烈的個性，其發言，基於自己的文化立場。譬如，同樣是三〇年代，周氏兄弟對於北京人的「悠閒」，就有截然不同的看法。有人誇北京人特能體會大自然的節奏和韻律，把忙和閒的關係處理得很好，生活很有品味；但也有人認為，北京人的悠閒是一種消極的生活方式，缺乏進取精神。你看曹禺的劇本《北京人》和老舍的小說《四世同堂》，都有對於北京人生活方式的批判，很嚴厲的。對於一座城市，不同文學家有不同的解讀方式，都值得傾聽；合起來看，看似互相矛盾，其實這才是真實的、立體的、多面向的城市。

**問：**您剛剛介紹了很多散文家、小說家還有學者對北京的感懷，那您自己呢，您對北京這座城市有什麼樣的情懷？您是怎麼跟北京結緣的？還有，剛剛您提到您跟夏老師是在北京認識的，夏老師是道地的北京人，您和她對北京的感覺是否有差異？

**陳：**先說我為什麼喜歡北京。我是在南方長大的，上北京時，已經二十好幾了，喜歡北京，當然是因為它的歷史文化氛圍。北京的文化底蘊深厚，書多，有很多愛讀書的朋友，也有很多值得探究的學術話題。廣州人一般不太願意上北京，因為，那時北京的生活比較艱難。我剛到北京的時候，上市場買淡水魚，我問：這是活的還是死的？被人家狠狠嘲笑了一通，似乎天底下就沒有活魚賣。可在廣州，不只買活魚，還要分魚頭、魚尾，價錢都不一樣的。後來，我買鯉魚，我說要一條公的，那賣魚的還以為我在羞辱他。可廣州人就是這樣，鯉魚公的母的味道不一樣，價錢也不一樣。我是於一九八四年上北京念博士的，那時年輕，主要考慮學術文化，沒怎麼想生活上的問題。

人家常說北京的冬天很可怕，零下十幾度。其實，那是誤會，北京冬天比南方舒服多了。原因是，北京是內陸性氣候，乾燥，零下十幾度也不可怕。一般情況下，穿一件毛衣，再套一件大衣，圍上圍巾，這樣出門，沒問題。進了屋子，有暖氣，特舒服。我老家潮州，到了冬天，如果下雨的話，那個陰冷，是從骨頭往外冒，不像北京冷風只在外頭打轉。我到台北以後，也感覺到了，同樣的溫度，這裡會顯得比北京冷，大概是濕度大的緣故。

至於說我和夏曉虹兩個人，對於北京的感覺有什麼差異。最大的差異是，我是外地人，對於北京的好與不好，感覺比她靈敏。當地人往往不太關注自己熟悉的這座城市，反而是外地人有興趣，這很奇怪，可也很正常。夏曉虹是在北京出生長大的，她不研究北京；而我一個外地人，反而對北京的前世今生感興趣。因為，我很想瞭解這座城市——不是因為夏曉虹的緣故，於是盡量地閱讀文獻、參觀博物館、到大街小巷轉悠，久而久之，我比她還熟悉北京。歷史文獻不用說，連認路都比她強。這道理很簡單，我相信有些從台南來的同學，對台北這座城市的興趣，在本地人之上。

**問**：在現代化過程中，北京有許多古建築被拆除，請問老師，您對此有什麼感想。另外，文學作品中常出現一些特殊的景點，如琉璃廠、北海公園等，這些在作品中有沒有特殊的義涵或情感寄託？

**陳：**不只是北京，所有國家的大城市都面臨這個困境，你要發展，就必然涉及城市改造，要做到兩全其美，很難。對這個問題，我的心情很矛盾，既希望保留四合院，又必須尊重四合院裡居民改善生活的願望。如果你在北京生活，你就明白，由於最近幾十年產權不明晰，加上人口激增，四合院變成了大雜院。很多人住進去了，院子中間加蓋了小房子，變得擁擠不堪，四合院已經不再是幽雅的住所。另外，過去的四合院，沒有下水道，沒有天然氣，冬天必須自己燒煤，生活上諸多不便。這就使得當地居民，不少人喜歡拆遷，給他新房子。四合院是文化遺產，必須保護；四合院裡的人，他們的生存權利，我們也應該尊重。現在的問題是，成片拆遷，推倒重來，這當然最省事，可對於歷史文化來說，損失太大了。另外一種辦法，選擇狀態比較好的四合院，加裝各種現代化設備：上下水道設備、天然氣管道，甚至還有地下車庫等，可這麼一來，原先的居民回不去了。因為價格太貴，遠非一般人所能承受。改造好的四合院，變成了有錢人的裝飾品。那些在此居住了好幾代的居民，眼看著四合院改造好了，卻沒他們的分，這種心情，你能理解嗎？這樣的城市改造，不算成功。如果將來有一天，老北京的居民都住到郊外去了，市中心盡是各地的新貴，以及國外友人，那可就成了大笑話了。不過，很可能真的是這樣。將四合院作為古蹟保存下來，又改造得適合於現代人居住，所花的費用，遠比拆遷後蓋新樓貴得多。我想，保護四合院，與保護四合院居民的權益，二者應該相提並論。這是一個很大的挑戰。最近，什剎海附近的四合院，據說改造過了，環境也整治好了，很幽雅，可布滿了酒吧、咖啡店，以及茶館什麼的，變成了旅遊景點。這也不是辦法，就像上海的新天地，雅得有點俗，我不覺得是成功的範例。

關於第二個問題，確實有很多描寫北京的小說、散文，提到了琉璃廠、圓明園、頤和園、景山等，至於到底是有象徵意義呢，還是只是一般場景，這要看具體作品，很難一概而論。我的印象中，八〇年代以後的京味小說，是有刻意經營這些「景點」，將它作為文化符號的意圖。但這只是印象，還得再看書，才能回答你這個問題。

**問：**老師您剛才提到了京派文學，一般我們對京派文學的界定，是指二〇年代至三〇年代生活在北京的作家的作品。也有些人認為，這定義太狹隘了，應該一直延伸下來。您對於京派文學或京派作家，有沒有新的界定或展望？三〇年代以後，京派文學相較於海派文學，好像不太發展，您怎麼看這個問題？

**陳：**其實，「京派」是相對於「海派」而言的。在沈從文挑起京派海派之爭前，我們並不把在北京生活的作家命名為「京派」。三〇年代以後，雖然有「新京派」的說法，但不太流行。就好像今天談論海派文學，是否有必要將王安憶帶進去，是有爭議的。作為一個文學史概念，外延越大，內涵就越模糊。假如凡是在上海生活的作家，都算是「海派」，那「海派」的概念就失去了意義。同樣道理，八〇年代以後，有不少作家專寫北京的日常生活，以及人情世態，我們不將其稱為「京派」，而是叫「京味作家」。京味作家大都懷想老北京，有一種懷舊的調調，使用北京話，體現平民的智慧。

北京人說話有點「油」，這又引出另一個作家，那就是王朔。王朔跟一般所說的「京味作家」不太一樣，他寫的是新北京，而且是「大院文化」。什麼是「大院」，很像這裡的「眷村」。北京不只是四合院，還有很多「大院」，那是一九五〇年代以後，共產黨建都北京，政府機關或部隊及其家屬居住的地方。那可是個五官俱全的小社會。大院裡長大的孩子，與四合院人家，有著完全不同的文化教養。大院裡不講北京話，講的是五湖四海的普通話；家長們在機關或部隊工作，跟北京的下層百姓基本上是隔絕的。就連對文化大革命的感覺，也都不一樣，看王朔的《陽光燦爛的日子》，可以明白這一點。這樣的作家，雖然居住在北京，但跟老北京的歷史文化、跟老舍、張恨水、鄧友梅等，沒有什麼關係。既然如此，你何苦硬把他們捏在一起？都是很好的作家，分開來談，更合適些。

**問：**在您的演講裡面，讓我們透過四篇文章，看到這些作者對北京的懷想與感受。我想反過來問，北京這樣一個城市，其性格和特質，又怎麼影響作家的寫作？

**陳：**我今天所說的北京，其實是歷史上的北京，大概是西元一九〇〇至一九四〇年代的北京。最近這半個世紀的北京，沒在我論述的範圍內。假如要談二十世紀下半葉的北京，同樣選春夏秋冬，可能會帶出很多意識形態問題。隨便舉個例子，談到「金秋十月」，就不僅僅是季節轉換的問題，很可能聯想到中華人民共和國的成立。這樣的論述，一下子就變得非常意識形態化了。而過去的文人，寫文章時沒這麼多考慮。雖然中國早就有「文以載道」的傳統，但將散文和特定時期的意識形態如此緊密地掛鈎，還是很少見的。「春」不「春」，「秋」不「秋」，藉時令或風景談政治，表面上寓意深刻，其實是在圖解概念。這十幾年，情況才有了根本性的變化，但我的閱讀量不夠，所以沒談「新北京」的風花雪月。

現在許多作家和學者，之所以熱衷於談論老北京，不是因為迴避現實問題，而是藉憑弔一座即將消逝的古都，討論城市建設的不同路徑。從元明清一直延續到一九四〇年代，八百年間，老北京的建築格局變化不是特別大；而現在則是天翻地覆，變化太大了。文物專家會把很多拆下來的零星構件扛進博物館，至於文學家及史學家，則希望用自己的筆，描述古城留在歷史長河中的倒影。這樣的文字，大都有比較濃厚的感情色彩。

我來之前，有位新華社記者叫王軍的，剛在三聯書店出了本《城記》，講的是一九五〇年代以後，作為城市的北京，所經歷的風風雨雨。當文化人碰上政治家，其實是有理說不清的。關於北京城市規畫，以及城牆拆留問題，五〇年代以來一直有爭議，最後還是當官的說了算，學者的意見不被重視。像梁思成建議的那樣，把舊城保護起來，不要動它，在北京的西邊另建新城，作為國家的行政中心。這一設計方案，當初沒被接受，除了國家領導人的工業化想像，以及蘇聯專家的建議，實際上還有經濟能力的問題。我的家鄉潮州，八〇年代以後大為發展，城市擴建時，吸取了北京的前車之鑑，在古城之外另建新城。但那是因為我們那裡有很多華僑，大家捐錢，這才做得到。很多城市走的還是當年北京城市改造的老路，在發展中破壞，後者藉發展之名破壞。這是現代化過程中，一個永遠的痛。但不是所有人都這麼看，也有不少人認為，城市建設得漂亮，生活舒適，這就行了，什麼歷史文化，不要也可以。古人的世界，越來越離我們遠去，但先人的手澤，一磚一木總關情。溫飽問題解決後，這種情感會越來越強烈。

眼下的北京，是一座充滿激情與想像、欲望與機遇、危機與懸念、矛盾與困惑的城市，無論是作家還是學者，我們都很難迴避。老北京的精神氣質，曾經影響了老舍等一大批作家；新北京呢，我不知道，也許還在醞釀中？謝謝你提醒我這個問題，以後我會關注的。

附錄一

# 「大學生訪問大學者」
## ——陳平原老師訪談錄

賴佩暄．陳妤諳　記錄／整理

編按：這是陳平原教授〈文學的北京〉演講結束後，接受聽講同學訪談的紀錄。參與訪談的學生來自各個不同學系，但以中文系學生為主。該訪談內容原分為三部分：（一）〈文學的北京〉演講提問；（二）陳教授的個人經歷及治學態度；（三）對當前文學界、教育界各種現況的看法。其中，第一部分已併入〈文學的北京〉講稿紀錄；此處匯整的是另外兩部分。

## 一、走過的道路

**問：**請問老師，在您的生命歷程中，有沒有經歷過一些比較特別的事？譬如說，我們知道老師在文革時期有過插隊的經驗，可否請老師就這段經歷談談它對於您在學術研究方面有沒有什麼影響？

**陳平原（以下簡稱陳）：**大陸學者中，像我這般年紀的，大都有過下鄉插隊的經歷。和你們這邊的學者相比，差別很大。我跟王德威教授同年，但我進大學時，他已經碩士畢業，到美國念博士班去了。文化大革命中，我無法升學，只能到鄉下去當農民，一邊耕地，一邊教書。就像阿城小說寫的，當「孩子王」。所以，我唯一得意的，就是從小學一年級到博士班，我全都教過。這段經歷對我來說，影響很大。沒有時間好好念書，是一個很大的遺憾。尤其對於一個學者來說，在最渴望知識的年歲，或者說，「青春年華」，只能待在偏遠的山村，隨意亂翻書，實在可惜。當年也很好學，盡可能擠時間讀書；可好的書，我們找不到。很多該讀的書，該掌握的知識，沒學，沒掌握好，這樣的遺憾，可說是刻骨銘心的。譬如說外語，你們很難想像，我是進了大學，才從ABCD開始學起。所以，我的外語永遠學不好。這是沒辦法的事情。有一回，我跟耶魯大學的孫康宜教授說起這件事，她很感動，安慰我說：「你就不用學了，別學了！」言下之意，再學也學不好。碰到這種時代，接受的是不完整的教育，這對我們日後的學術生涯，會產生很大的阻礙。在接受能力最強、記憶力最好的時候，我們沒有讀本來該讀的書，做本來該做的事情，很可惜。這是一方面。但另一方面，學人文的和學自然科學的不太一樣，豐富的社會閱歷，對我們來說，也是一種財富。沒有經歷過人生的苦痛，沒有在很不愉快的社會環境中自我摸索，很多幽微的東西你體驗不到。好比我的學生，他們的專業訓練比我好，但有些東西，他們就是進不去。

還有一點，因為很長時間裡，我沒機會進學校念書——從初中畢業之後，整整中斷了八年的正規教育。在那段時間裡，我盡自己的努力，盡量找書讀。這樣，養成了一種習慣，讀書時不太顧及專業的邊界。我會依自己的興趣讀書，不考慮到底是文學呢，還是史學或哲學，只要感興趣，拿起來就讀。學生們感慨我的著作旁徵博引，其實，那是我以前讀書駁雜養成的習慣。喜好讀雜書，那是因為以前沒人引導，只能憑自己的體會亂翻書。這樣一來，我的閱讀習慣，跟受過嚴格正規訓練的人不太一樣。記得我剛在北大教書的時候，有一次去圖書館借書，找一本有關中國古代兵器製造技術的書，因為那時我正在做武俠小說研究，需要瞭解中國古代冶煉技術。圖書館的管理員很好奇，問我，中文系的教授，借冶煉的書幹嘛？我說，沒有人規定中文系教授只能唸文學書。這種亂讀書的習慣，某種意義上，是一種摸索的過程，很痛苦；但習慣成自然，不被別人的教條所約束，也有自以為得意的地方。所以，我也會要求我的學生們，不要只管功課，要給自己留自由讀書的時間。沒時間細讀，那就隨便翻翻；實在騰不出手來，閱讀書目也好。總之，必須明白，世界上的知識，不僅僅是在課堂上學到的那麼一點點。

## 二、文學現象、理論框架與學術關懷

**問：**我想就老師剛才提到的進一步提問。您的著作常常旁徵博引，而我們在閱讀老師的著作時，也覺得您擅長引用各家說法，似乎不喜歡獨斷，那這兩者之間有沒有什麼關係？

**陳：**那得看你做什麼，是史學研究，還是文學批評。同樣做史學研究，也有不同路徑。在我帶的學生中，有中國學生，也有外國學生，思路不太一樣，很有趣。中國學生會告訴你，我要研究什麼樣的東西，譬如蕭紅的小說；美國學生不會這樣說，他們會告訴你，我要研究女性主義，準備以蕭紅作為例子。很明顯，一個關注的重點在研究對象，另一個則突出自己的理論框架。這是中國學生和美國學生很不一樣的地方。所以，我的學生到美國去念書，外國教授會要求他們先從理論著手，掌握好理論後，再來研究某種文學現象。中國人相信生命的感覺，相信自己的體會，而不太相信現成的理論。因為，無論文壇還是學界，變化很快，今天是形式主義，明天是結構主義，後天是新歷史主義、後殖民主義，等你把眼下最熱門的一套理論學好，很可能，很快地這套理論就過時了。對於文史研究者，相信自己的體會、品味和歷史經驗，這點很重要；不要太依賴時興的理論。理論不能不讀，但不能太信。我確實很少在論文中引證時尚的理論，但不等於我不讀；內行一眼就能看出，我的研究同樣受某某理論的影響。只不過我不願意只是成為某一理論的最佳闡釋者，我更關注活生生的文學現象，因此，希望博採眾長，而非專重一家。

**問：**老師您在小說史方面做了很多研究，我們也看了一些您的著作，請問您，對於自己的定位是文學史家、文學理論家還是文學評論家？

**陳：**我的研究領域，文學占主導地位；其中又以小說為主，散文為輔，這兩種文類是我關注最多的。但除此之外，我還有教育史的研究，學術史的研究，近年還做了一些關於圖像和文字之間關係的研究。雖然到目前為止，我的小說研究是最為人所知的，但我也不願意被輕易貼上「小說史研究家」的標籤。我認為，一個好的學者，可以有多種面貌，不受學科的範圍所限制，完全可能勝任在不同的領域裡縱橫馳騁。所以，我以中國文學研究作為主幹，其中包括古代文學，也包括現代文學；但我不希望自己將目光僅僅局限於文學。不敢說是對中國文化的全面研究，但對二十世紀中國的思想與學術，還有教育制度與文學潮流，以及中國文學傳統的復興等，我都有獨立的研究。這一思路的背後，是想通過某種方式，更好地解讀中國文化，也為新世紀的文化建設，探尋新的可能性。這是我最大的理想。由於每個研究課題不太一樣，讀我不同著作的人，會對我有不同的印象。最近，我有幾本書將在台灣出版，其中一本《當年遊俠人》，講的是晚清以降文人學者的精神風貌；而另一本討論的是北京文化；還有一本研究五四新文化運動的。我還會不斷地拓展自己的研究領域。假如能在你們博士班畢業之前，再給你們講一兩個我感興趣的新課題，那再好不過了！

## 三、學者的人間情懷

**問：**老師您好，我想請問，身為一個學者，您如何看待政治和學術之間的關係？又身為一個現代知識分子，應抱持怎樣的態度去看政治？

**陳：**這是一個比較麻煩的問題，這二十多年來，我這一代人不斷糾纏在這裡面；說遠一點，這一百多年來，中國讀書人大都在這個問題上搖擺不定。昨天開會的時候，正好有幾位你們的教授在發表高論，他們認為，現在專業化程度越來越高，大家都向美國學習，各種規章制度越訂越細，其結果很可能導致人文學科的學者也跟自然科學的專家一樣，越來越遠離社會，不參加社會運動，不關注社會上種種的生老病死。這樣一來，學術研究跟學者的個人體驗沒有多少關係，這在我看來，並不是好事情。像我這一代的研究者，還算是有較多的社會關懷的。我曾寫過一篇流傳很廣的文章，叫〈學者的人間情懷〉，說的是，身為一個學者，不是說你特別有經世致用的能力，所以你才發言，而是基於你自己的道德訴求。不管你的社會影響力大小，你不能對眼前的邪惡漠視不管。能做多少是一回事，但在處世態度上，總不能喪失這分「人間情懷」。

當年我的導師王瑤先生曾在某個特殊場合，抱怨政府對於學者們的意見很不重視，因此「不說白不說，說了等於白說」。後來我們給他加了一句：「白說也得說。」在我看來，在一個工商業越來越發達的社會，或者一個政治權力籠罩一切的時代，人文學者表達政治見解，很大程度上是為了自己，為了自己精神上、道德上的訴求，順帶也為了自己的專業研究。如我此前所言，人文研究不可能和整個社會人生完全脫離關係，假如那樣的話，學術研究成為一個純粹「技術性」的活動，只是收集資料、撰寫論文，這樣的研究工作，有何樂趣可言？以我自己為例，作為一個人文學者，我對我的工作感興趣，是因為我的研究和我的生命體驗能夠結合在一起。這是我選擇這個專業的主要緣故。我希望我的學生也這麼做下去，當然，能做到多少很難說。

## 四、文學：專業和修養，興趣和職業

**問：**自從清末民初這一百年來，文人的地位一直在下降，傳統士農工商的排序在現代社會中，很明顯的，商和工的地位在文人之上，不知道您對這個情況有何看法？這其中的轉捩點又在哪裡？還有，以台大來說，文學院的地位和入學成績也不如理工科學院或商學院，不知道在大陸的大學有沒有這樣的現象？

**陳：**傳統士農工商的排列順序，是有問題的。關鍵在於，士人對自己的估價太高。其實，明中葉，商人集團就已經開始崛起；晚清以降，現代化的快速進展，使得士人的優勢地位逐漸失落。一九二〇年代，因為西洋文明的傳入，以及中國現代教育制度的建立，掌握話語權的知識分子，依然顯得威風凜凜。但抗戰開始以後，「文人無用」的論調，一下子凸顯出來。你可以對比，抗戰前後，大學裡學人文學科的，快速縮減；而醫科和工科的學生則數量激增。此後，這一趨勢越演越烈。我承認，在現代社會，自然科學及社會科學的蓬勃發展是必須的，人文學科的相對萎縮也是正常的；但如果只是從「有用」、「無用」這個觀點來考慮問題，並因此而貶抑乃至縮減人文學科，這是不對的。一個正常發展的社會，確實沒有必要那麼多人專攻文學與哲學，但這不等於文學、哲學可有可無。我主張區分作為「專業」的文學和作為「修養」的文學，這是兩個不同的概念。我力主加強作為修養的文學，但不提倡培養那麼多文學博士。你們這裡博士生不多，我們北大中文系每年招收一百四十個研究生，包括博士班和碩士班，本科生（大學部學生）則只有八十個。這些年差不多都是這樣。這還好，沒有追隨潮流盲目擴招。有的學校很離譜，突然間增加那麼多博士生，學好學不好不說，接受那麼多專業訓練，畢業後只能轉行，實在可惜。你拿了個文學博士學位，然後跑到銀行裡去當人事幹部，有這必要嗎？

現在的人，總把讀書和求職混為一談。我相信，如果只考慮興趣，會有很多人喜歡文學或哲學。如你所說，考進台大的學生，成績好的不到中文系來。而在一九八〇年代初期，我們北大中文系考生成績，在文科裡是最高的；現在不行了，早被金融、法律等科系超過了。很多人是第一志願學法律，去不了，才來念中文。這一點我們很感慨。我們學校連續三年做了一個試驗，叫「元培計畫」，每年招一百個學生，文科五十人，理科五十人，不分科系，自由修課，兩年後再選科系。原先我們擔心，這樣一弄，將來沒人願意學哲學。哲學本來應該是最聰明的人去學，現在可好，是比較笨的人才去學哲學。因為，哲學系的錄取分數，在文科各系裡最低。這很可悲。可沒想到，到了第二年下學期，居然有不少學生選擇了哲學、中文或歷史。為什麼？經過一段時間的學習，他們真對這些科系感興趣。我發現，大學裡某些科系的錄取分數特別高，主要緣於家長的算計，而不是學生的興趣。家長們希望孩子將來能找到好工作，這可以理解。但是他們沒想到，等到孩子畢業時，這個「好工作」很可能已經不存在了。這些年，金融業快速發展，很多大學都設立了金融院系，到了今年，學金融的畢業生，卻苦於找不到工作。反而是此前認為工作不太好找的冷門專業，簽約率比熱門科系的學生高（在大學畢業之前，各企業會到學校找合適的人才簽約）。那些被認為是熱門的科系，不見得會永遠熱門；認為是冷門的，將來也不見得真的冷門。因此，我認為，讀大學、讀研究院，最主要的還是自己的興趣，不應該太多考慮就業市場。如果這麼想，我相信很多人會對文學感興趣。

二十世紀的中國，尤其是前五十年，文學占據那麼重要的位置，那是不正常的。那段時間裡，大家認為文學可以興邦、文學可以亡國，把文學看得如此嚴重，那是天大的誤會。文學確實是人類精神生活的重要組成部分，只是沒嚴重到那種地步。譬如你們這裡的「反共文學」，或者我們那邊的「革命文學」，因為特定時期意識形態的需要，被捧到一個特別高的位子，這是不恰當的。剛才說了，對於整個文學事業來說，我希望區分「專業」和「修養」。至於大學生，我也希望區分「興趣」和「職業」，在兩者之間取得某種平衡。

## 五、關於網路文學和大陸作家

**問：**我想請問的是，在台灣，學童的語言表達能力一直在下降，那請問在大陸也有這樣的現象嗎？另外一個問題是，因為網路的普及，網路文學開始蓬勃發展，但是我們發現一個很有趣的現象，網路小說被印成紙本書出版，而原來的紙本書卻被轉到網路上流傳，請問您對這種情形的看法為何？

**陳：**語文表達能力的下降，其實不只是台灣，全世界都有這個問題。怎樣來提高思維和表達能力，這是一個很重要的課題，各大學都有這個責任。你們有大一國文，我們沒有。但大約十年前，北京大學重新恢復大學一年級的語文教育。最早提出強烈要求的，反而是理科的教授們。為了高考，學生們從高中起就分文理。這樣一來，大學裡理科學生的表達能力很成問題，不要說論文，連報告都寫得很不像樣。所以，理科教授強烈要求通過語文教育改變這個現狀。不只是理科學生，文科學生也有這樣的問題，別五十步笑百步。提高學生們對本國語言文學的瞭解，加強表達的訓練，包括口頭和筆頭，是很重要的課題。我們在努力，我相信其他國家的大學也在努力。

後面那個問題，我想這樣回答。大約幾年前，在網路文學最熱的時候，不斷有人強調「網路文學」和一般意義上的「文學」不一樣。那時，我特別寫了一篇文章，區分「網路文學」和「網路時代的文學」。在我的概念裡，只有網路時代的文學，沒有網路文學，就像我們不能說馬路文學、汽車文學、飛機文學一樣。人類的精神文明，在社會發展過程中，由於技術手段的演變，有很大的進步，但我們不能說《詩經》時代是馬車文學，宋代因為印刷術的發明，就是印刷文學。科學技術的進步，確實影響到人們的思維與表達，但是否有必要另立名目，值得商榷。就因為這，我不太喜歡「網路文學」這個詞，而主張「網路時代的文學」。我問我的學生們，你們怎麼撰寫網路文學？他們告訴我，其實，很多「網路文學」是寫完以後才上網的。只有一次，他們在網路上，你寫一段，我寫一段，湊成了一部小說。當時他們很激動，說這才是「真正的網路文學」。可我告訴他們，民國初年，鴛鴦蝴蝶派作家也做過這種試驗。舉行小說徵文比賽，參賽者輪流各寫一段，寫完了以後集結成所謂的「集錦小說」，這和你們所說的「真正的網路文學」的寫作方式，不是很接近嗎？這種小說，寫作的過程很有趣，可一旦印成書，給局外人看，那就未必。我以為，網路深刻地影響了當代人的精神生活，會催生出若干新的表達方式；但要說「網路文學」截然不同於以往的「文學」，我持懷疑的態度。

**問：**在台灣，除了蘇童、莫言、王安憶等人之外，我們所能接觸的大陸作家其實非常少，認識也很有限，能不能請老師介紹一些大陸當代比較值得關注的作家？

**陳：**對於當代中國的小說家，說實話，我不太熟悉。我不是這方面的專家，所以，不敢亂說。當代中文小說，王德威教授讀得比我多得多，包括台灣的、香港的、大陸的小說；他的介紹，也比我準確。他在麥田剛出了一本書，叫《跨世紀風華：當代小說二十家》，介紹二十個當代小說家，都是一些非常優秀的作家，你們可以參考。除了你剛剛說的那些作家以外，我個人認為，余華和李銳的作品也很值得閱讀。還有一個韓少功，他雖然寫的不多，但思考相當深入。另外一個女作家殘雪，我讀的比較少，她是一個實驗性及爭議性比較大的作家，有些人很喜歡，有些人則很不喜歡。同樣引起爭議的，還有賈平凹，他寫過《廢都》，近年來則在小說、散文裡談神說鬼，有很多神祕體驗。

這些作家，有些是一九八〇年代延續下來的，譬如說王安憶、李銳和韓少功；也有些是一九九〇年代方才崛起的，譬如說余華。還有一個作家，我不知道他將來會變成怎樣，那就是阿城。為什麼這麼說，因為阿城的出現很偶然，他的消失也很特別。所以，上一回他來台大演講，我替他做介紹時，說過這麼一段話：我不敢說阿城將來不能出大作品，也不敢說他一定能出大作品，因為，他是一個不可捉摸、不可規範的人。你會發現，《棋王》和《遍地風流》之後，突然間他跑到美國去了。他以前是個畫家，但在美國，他不畫畫，卻跑去修汽車，後來又跟人合拍電影，最近又告訴我，他正跟台灣的故宮合作，研究宋代的驢，從繪畫史的角度考察驢在宋代日常生活中的運用。另外，他還寫了一些關於中國小說的文章，有很多奇妙的想法。譬如，他有一個說法，我不同意，可他說得很認真。他說，《金瓶梅》裡的色情描寫，據他的考證（他那不叫考證），是小說寫完以後，由書商穿插進去的，就像我們現在電視劇裡穿插廣告一樣，播一段，再插一段。我問他說，你這是開玩笑，還是真的這麼想？他說：「我很認真地考慮過，應該就是這樣。」從這裡，你就能感覺到，這個人滿腦子稀奇古怪的想法，活得很瀟灑，變化多端，以他的文字感覺，以及生活閱歷，也許將來有一天會弄出一本足以傳世的奇書。很多人出了名，寫順手了，寫什麼、怎麼寫都有人要，於是，一路馬不停蹄寫下去。只有阿城當機立斷，急流勇退，說不寫，就不寫了。如果有一天他繼續寫，那肯定是有理由的。所以我才提醒你們，假如有一天他再出版小說，你們應該買來看。不說別的，肯定跟一般的職業作家不一樣。

## 六、從北大到台大

**問：**老師，能不能再請你談談你在北京的一些經歷，譬如說在北大有沒有令你印象深刻的事，或者說一說你在北大的一些生活經驗？

**陳：**我的本科和碩士階段，是在廣州的中山大學念的。一九八四年到北大念博士，以後就一直生活在北京。為什麼？因為北京的人文環境好。雖然我對北大有很多批評，但我還是承認，在中國，北大還是很有魅力的。而真正讓我得意的是，北大是中國最有個性的大學；北大的學生也是中國最有個性的大學生。我不敢說「最好」，因為評價標準不一樣；但我敢說「最有個性」。相對於其他大學，北大的校風比較活躍，比較開放，鼓勵學生獨立思考、自由表達。當然，這也會帶來一些缺點，譬如說，學生們的基礎不太好，有時候會胡思亂想。但我覺得，這不是特別大的問題。因為，在我看來，北大學生的那種「踔厲風發」，乃至「飛揚跋扈」，作為一種生命形態，是值得讚賞的。我在外面講學，走了那麼多地方，很難有在北大和學生們對話時那種默契的感覺。北大學生進入社會後，很容易和上司的關係處不好，因為他們在大學裡養成了習慣，老想表達自己的意見。和社會融合比較困難，這是他們面臨的實際問題。我曾經編了一個故事，講出來，很受歡迎。在京城的北四環旁邊，要蓋一棟大樓，上司把任務同時交給了北大和清大的學生。一個月後，清華大學的學生抱出一大堆設計圖，告訴你這棟樓要怎麼建，大到整體風格，小到每層樓每個房間的功能，都說得很詳細；北大的學生呢，同樣抱出一大堆資料，但他是想論證，沒必要在這個地方建這麼一棟大樓，換另外一個地方或換另一種建築形式，更能節約資源，並與周邊環境協調。不用說，一聽北大學生發言，領導就開始皺眉頭，很不高興。這不是真的，是我編的，想說明清華大學的學生有很好的專業訓練和執行能力，而北大學生的優點，則在於思維活躍，以及有獨立思考及判斷的能力。

人家說，北大學生眼高手低，毛病很突出。我不忍心這麼批評，為什麼呢？現在的人，大都變得很實際，為了獲取現實利益，委曲求全，唯唯諾諾，看著讓人難受。有這麼一批特立獨行的學生，不太把社會規範放在眼裡，要我說，很好。對於這種性格，這種傲氣，作為老師，我是欣賞的。出於愛護，我也會叮嚀幾句：別老頂撞你們的上司，表達意見時，要策略點；可私底下，我還是喜歡這樣的性格。尤其是現在的大學，越來越變成職業訓練所，北大學生的高談闊步，作為一種審美物件，還是值得欣賞的。

**問：**順著您剛剛回答的內容，想請您談談您對台大學生的看法。去年接受《民生報》的記者訪問時，您曾對台大學生和北大學生做過比較，但那篇採訪所談相當有限，能否請您在這方面再多談一些？或者說說對台大學生有哪些期許？

**陳：**接受記者的臨時採訪，不容易，不出大的紕漏，那就謝天謝地了。你說的這篇專訪發表後，流傳甚廣。也有人說我很「狡猾」，兩邊都說好話。可我要說的是，北大學生的競爭意識很強，在十三億人中脫穎而出，很不容易。所以，大都養成了強烈的自尊，以及競爭意識。另外，大陸的經濟發展水平遠不及台灣，而越窮的學生，越有奮鬥上進的動力。富家子弟往往念不好書，因為長期的安逸生活，使得他缺乏向上發展的動力。好學生並不都出自大城市，窮苦出身的孩子，有很強烈的讀書欲望，不可小看。在這一點上，北大學生和台大學生是有區別的。但我對北大學生也有批評。競爭意識強，好處是奮發有為，但也可能小心眼，互相擠軋，看著讓人難受。競爭太過激烈，發展空間有限，人與人之間的關係容易緊張，弄不好導致人性的扭曲。相對來說，台大學生彼此間的關係就比較正常，挺溫馨的。

還有一個，你們有服務課，輪流在校園裡清掃衛生。有可能流於形式，但起碼培養一點勞動的興趣。而我們那裡的大學生，好多被寵壞了。為了讓孩子一心讀書，考上好大學，家長們全力以赴，當牛做馬，什麼事都管起來。這一代的大學生，從小沒有經歷過任何風吹浪打，到北京求學，居然還有雇女傭幫忙照料生活起居的。大陸的經濟這些年發展得不錯，但不可能永遠往上走，萬一碰到大的挫折，真不知道他們如何承受。像我們這代人，什麼風浪都經歷過了，好日子我們能過，壞日子我們也能過。現在的青年學生卻不然，能上不能下，能好不能壞，抗風險能力很差。我們學校每年都發生不幸的事，總有學生因為小小的挫折就自殺了。這些學生，進北大前都是天之驕子，很嬌貴，受不得任何一點委屈。心理這麼脆弱的學生，將來進入社會，怎麼辦？誰能保證總是一帆風順？家長及學生本人的自我期待太高，有時候很可怕。像台大的學生，更多平常心，這有好處。

另外，我曉得，學生最怕老師給他們「期勉」，尤其是好大學的好學生。你可以跟他們聊天，他們自己若有所領悟，很高興；但你如果明確告訴他們，有什麼「三大紀律八項注意」，他們會很煩的。所以，我從不給學生題詞，也不告訴他們應該怎麼做。頂多說一些大道理，或者講幾個有趣的故事，有心人聽了，自己能體會；心不在焉的，說了也沒用。所以，關於期勉的話，還是留給你們的老師來說吧！

參與訪談學生：尤靜嫺（中研二／課程助教）、姚盈如（國企四）、陳姿安（工管四）、陳彥碩（社會三）、黃筠雅（中文三）、賴佩暄（中文二）、陳妤諳（中文二）、林孜曄（中文二）

附錄二

# 如響斯應

——來自學生的回應

## 一、午後講堂

大二上學期每個星期三的下午，我總是緊張而興奮地走進文學院演講廳。「晚清文學與文化」這堂課雖是開給大學部高年級的同學們選修，但也有不少的研究生學長姊們慕名而來旁聽，我曾稚氣地為著能與研究生們一同聽講而感到驕傲莫名，連出入課堂都昂首闊步。午後的陽光從窗口斜射進來，講堂內傳授的是我前所未聞的知識領域。過去自己一直宣示著喜好文學、熱愛文學，無論文學的道路多麼顛沛崎嶇，都願意這樣寂寞地去追尋我所以為的繁華，文學如同高踞在上的夢想圖騰，占據我全部的意識殿堂。直到發現文學在學院中呈現出的是多麼枯竭與荒涼的局面，許多時候，我也不禁質疑：自己是真的信仰，還是自以為信仰？從前總以為只要憑著滿腔熱情就能瞭解文學，上過陳平原老師的課後才明白：原來文學所承載的從來都不只是文學本身而已，還有附著於美好形式背後的深層文化。

傳鐘悠揚地敲完二十一響，收拾桌面踏出講堂，向晚的秋風吹來，心裡翻騰著澎湃的情緒，難以言說的激動與滿足。走在椰林大道上，我好像就看見了五四運動時擔任學生總指揮的傅斯年校長，和我們一般振衣欲飛、狂歌欲嘯的年紀，一波波改變社會的學生運動造就了台大與北大的輝煌。踩踏著前人曾走過的道路，迎接冬日來臨的同時，午後講堂在夕陽中復歸寧靜，而講堂內與眾不同的聲音還在我心中迴盪，依然那樣清晰，神采奕奕。

——〈午後講堂〉・陳幼馨

用「迷人」形容陳老師的課程，的確需要一番解釋。從旁觀之，陳老師上起課來雖然親切生動，然而嚴格說起，既非「唱作俱佳」，也少「天馬行空」，大多時候，只是他一個人獨立在講桌前邊，照著講稿，略作發揮，剛開始甚至連板書都不常使用，因此整個課堂節奏是平穩而緊湊的；不過，一旦進入老師的論述框架之內，往往意外驚喜，原來老師「唱作」的功夫更多是展現於基本材料的穿織，以及詮解，更引人入勝的是，儘管這門課理論性質極強且思辨密度極高，但卻能避去蒼白刻板，倘使順著老師鋪設的思路，一步步往前推進，彷彿登山一般，到末了，不需要戲劇性的飛躍，眼前也總是展現一場格局井然、姿態橫曳的風景。

陳平原老師「開課明義」地提到，這堂課名為「晚清文學與文化」，而關注晚清的一項理由，即在於能夠準確而深切地理解現代。循著這條思路，容我大膽一點說，我可以感受到在紮實的學術成績背後，似乎有那麼一股力量在驅動著陳老師進行研究，而那恐非一般學究式的趣味而已；我同時相信，理解「現代」，理解「現代如何成為現代」，不僅助於我們自我定位，更可以幫助我們對於未來有更加美好的想像。

歌德（J. W. V. Goethe）有一句名言說：「理論是蒼白的，而文學的黃金樹碧綠常青。」而我想說，理論不必然是蒼白冰冷，研究者的胸懷與熱情，可以使得理論散發光芒；這或許是一名學者、一名人文關懷者對於自我，以及未來的高度承諾——也是我上陳平原老師「晚清文學與文化」這門課最大的感觸。

——〈迷人的風景〉‧吳昌政

## 二、走出講堂之後

晚清那一代是激越的青春，因為他們處於新舊認定變化的交替，知識分子逐漸從封建舊思想的繭中體悟到西方思潮的新鮮空氣，就像台灣人開始學會罵總統一樣，很多人都只是享受到罵總統的表面上情緒宣洩，但是卻很少有人能真正體會，民主思想演進過程中所帶來的突破與跨越藩籬、面對衝擊與之抗衡的痛苦掙扎；晚清那代人也是積弱疲病國勢下的同等名詞、是自我文化定位的相形失落，他們徬徨於變與不變的擺盪之中，中國傳統文化鑿砌的銅牆備受挑戰，一方面自我辯解，另一方面又得從井底謀求超脫，但往往他們的努力被後來的情勢浪潮所掩蓋，甚至遺忘，以至於失去情境氛圍營建的戰場，如同台灣的眷村文化，還沒能被界定為一個時代的分隔線，就被貼上落後與意識形態的族群標籤，眷村人民來自中國大陸各省各地，情境造就眷村卻也殲滅眷村，時代的流逝使得老一輩眷村人有根等於無根，落地也不許生根，在台灣本土化的新形態席捲之下，眷村二字不僅等同榮民一般頹老凋零，並且早已被邊緣化。因此，「晚清文學與文化」這堂課帶給我的影響，除了對晚清至民國文學思想流變的重新接觸之外，也啓發了我對眷村文化關切的弦外之音，這是當初修課時意想不到的收穫。

——〈晚清那代人，眷村那代人〉‧江欣潔

對我這樣一個來自德國，大學又是念社會系的學生而言，晚清文學原本是個模糊地帶，好像既非古典，又不摩登。印象中只有一些以晚清為時代背景的通俗電影，如《黃飛鴻》系列。當我還在德國念中學時，這些香港文化工業的產品曾風靡一時，深深的影響了我對中國歷史的想像。然而聽了幾堂課後，很快就發現了，晚清既帶有古典文學的成分，又兼有摩登文學的特質。陳老師講解晚清文學時，經常跳出晚清的歷史時期以外，或追根溯源，或談後期的演變，因此讓我們很清楚地抓住整體的發展脈絡，並且進而得到更為全面的認識。

晚清文學以小說為大宗。隨著報刊業的發達，連載通俗小說大興，吸引了大量讀者。另外有文人為小說藝術價值的提升而努力，用最美的文字將自己的心聲寫成小說。中國小說近百年雅俗對峙的局面，就此形成。只不過以往從事小說史研究的學者，對於雅文學獨有深愛，卻忽略了通俗小說的份量，以及它對整個文學發展的影響力。陳老師跨越雅俗兩者之間的鴻溝，主張要雅俗共賞，建立一套完整的文學史理論架構，使我收穫良多。如今，我已自「社會」系畢業，轉而進入中國「文學」研究所繼續深造，而且打算以「武俠小說」作為未來研究方向，這不能不說是受到陳老師的啓發吧。

——〈從「社會」走向「文學」〉‧潘俊宏

## 三、記錄與訪談

沉澱之後，不管是記憶或感覺彷彿都會變得柔和一些。經過整整一年有餘，文學院演講廳裡或許還殘存些微陳平原老師上課的蛛絲馬跡，我無法求證，卻能夠想像當時同學們在桌上振筆疾書所留下的印痕，力透紙背，壓記在灰白的桌面上；還有零嘴小吃的碎屑、成群的蚊子，以及門前那株已經不在的大樹……

課程結束之後，斷斷續續地整理手邊的錄音資料，在電腦桌前，我游移於口語與文字之間，試圖捕風捉影，攫取斷片，就算是霧裡看花，也要聚精看出些形貌才肯罷休。呈現出來的雖然僅是些紙上文字，但字裡行間卻並不空虛。有時，我竟情不自禁加進一些對蚊子的抱怨，當然，也悄悄藏了一串笑聲在某個祕密角落，用以回報老師的風趣。

不論如何，遲交的講稿紀錄總算與我告別，各自奔向該去的地方。沒想到事情還沒完，一年之後，二〇〇三年初冬，我竟又在台下聽起陳平原老師用帶點嘆惋又不失積極的獨特口吻漫談北京城的種種，一如往常地選擇聆聽而非抄寫，這種聽課方式允許我全心進入彼端那座熟悉卻又永遠摸不透的城市，不只用耳朵，更用身體去感受、經驗言語中的四季，以及那彷彿帶著重量的陽光；此端，穿越普通大樓，再繞道文學院中庭，翻旋傅鐘之下，同樣的聲音與情調將台大與北大聯繫起來。我不知自己是幸運或有緣，兩逢其盛，但至少作為一個平凡的學生，這樣的際遇足供我在作夢唱歌的年月裡回味好一陣子了。

——〈記憶與記錄〉‧顧明和

在採訪前，我閱讀了老師的著作《二十世紀中國小說史》。為了把問題「生」出來，我把此書的內容依目錄作了內容提要，配合去年的上課筆記，擠出了五、六個問題。但是在採訪前與同學的最後一次討論中，發現這些問題完全派不上用場，因為我們已經改變了方向：放棄太過學術性的訪問，改為較輕鬆的個人經歷及感受的方向。雖然有一點點做白工的感覺，但這樣的結果，讓我欣喜地接受，並且頗為期待採訪當天的到來。因為整理去年的上課筆記，是我一直未完成的「心願」，而今誤打誤撞地完成了，很是開心；尤其，當眾人一心要「挖」出在陳老師著作中不易看到的經驗感想，一起興奮至極地把問題「生」出來時，討論之熱烈和融洽，令人難忘。

這天終於到來，訪問的時候，被老師的應答如流震懾住——在沒有看過訪問題綱的情形下，竟然還能不假思索地款款而談，並且每個回答都是首尾圓融、層次分明。唯一讓老師回答不出來且不願說的，是最後一次討論中大家討論得異常興奮的問題：「請問您對北京女孩的印象如何？您和北京的結緣是否和認識北京女孩的夏曉虹教授有關？」有些遺憾。除此之外，讓我印象最深刻的，是老師談論到近年來文學地位日趨低下，學子們紛紛轉而研究工商科技的問題。這個問題是縈繞在中文人心中永遠的缺憾。我們永遠在辯證「文學」有沒有用、重不重要；永遠在感嘆文學的地位大不如前，再也沒有多少人願意拋棄名利為純文學服務……。但老師卻答得輕鬆：一個完整的社會裡，本來就不需要有這麼多人來研究文學。文學是一種修養，一種情感，人人都或多或少需要它，卻不見得要成為專業。在一個社會體系下，分工是重要的，大家誰也離不開誰，更不能讓每個人都偏執於在文學，或科學，或工商業。過去以中文為讀書唯一的途徑，其實是一種病態——原來，過去過多的偏執與憤慨，都只是眼界狹隘的證明。為此，不禁心戚戚且汗涔涔了。

——〈訪談前後之一〉・黃筠雅

為了採訪陳平原老師，我們一人揀了一本著作回家啃。但是後來才發現，老師的作品真的好難懂啊，都是很嚴肅的主題和論述，一段都要看好久，看不懂的只好偷偷問梅老師。我想這跟陳老師的性格有關吧，在訪談中也可以看得出來，其實老師是一個比較嚴謹的人，凡事要求證據和確實，這從他好幾本書的風格中就可以感覺得到。我們也曾打趣說，陳老師寫作的時候，旁邊參考用書籍應該是從地板堆到天花板吧（笑）。這次採訪的經驗很難得，雖然第一次在「漢堡王」的早餐之約只來了三個人，但是可以跟大家聊聊天也挺有趣。禮拜天晚上彩排時笑料百出，平撫了我禮拜天還要苦命出門討論報告的鬱悶心情。那個禮拜一要採訪的時候，我是有點緊張啦，怕場面會控制不佳，會冷場。小組專訪的時候，我一下擔心問題不夠，一下又擔心陳老師會來不及趕去參加晚上的聚餐。我坐在時鐘對面，一邊注意時間和問題的節奏，一邊聽老師講解問題。不過幸好我們順利地在時間內問完所有的題目，不多不少剛剛好四點二十分。後來還跟陳老師合影留念，真是有完成一個艱鉅任務的感覺☺這真是一次很難忘的經驗，畢竟沒有多少人可以這麼近距離跟大學者講話的！（笑）我真是虛榮。也很謝謝採訪組的同學——慢吞吞的漫遊者彥碩、國中就聽過但是因為同組才認識的盈如、人超好一直借我文選筆記的孜曄、笑咪咪跟我一樣超愛蘇童的佩暄、超強看完哈利波特第五集英文版的好諳、超級端莊典雅又用功的筠雅——帶給我很棒的回憶唷☺

——〈訪談前後之二〉・陳姿安

在整場演講和訪談中，我深深地感到陳老師的平易近人。他深入淺出地介紹文學的北京，又不乏幽默，加上特殊的用語，（如「小資」、「過馬路」）令人深覺聽這樣的演講是種享受。更令我慶幸的是，我能整理演講稿。整理演講稿，花去了我整整一天多的時間，除了吃飯之外，耳不離收音機、手不離電腦鍵盤地忙著打字，初稿幾乎是逐字稿，然後經過無數次的潤稿，才告完成。雖然花了許多時間，但是在這過程中，我不僅重新溫習了一遍演講內容，對演講內容也有更多的認識。其中，凡是人名、地名，老師所舉文章的文本，都曾透過網路查尋而有真切的認知，這是只「聽」演講的我，不能體會的。而老師在演講中的習慣用語、音調，事隔多日，仍似不絕於耳，可以說，從小到大聽了許多場演講，從沒有一場能讓我如此印象深刻，最讓我感到幸運的是，這還是一場十分精采的演講！

——〈訪談前後之三〉．陳妤諳

# 編後記

梅家玲

對於台灣文學院的學生來說，「晚清」向來是個頗為陌生的領域。放在既有的課程架構之中，它是「中國文學史」始終來不及，也不需要講授，「現代文學史」又無從提及的一塊曖昧地帶——我們的中國古典文學教育總是從先秦一路走向唐宋元明，大清盛世，現代文學課程每每發端於「五四」，至於交錯於二者之間的，那曾在中西新舊之間依違掙扎，不斷變動交融的「晚清文學」，也就這樣被忽略、被遺忘了。

然而，晚清文學與文化影響現當代甚鉅，卻是不爭的事實。舉凡報刊文化的興起與發展、翻譯文學的引進與轉化、小說敘事方式的改變、新式教育制度的建立等，無不標識著由傳統過渡到現代的彳亍行跡。近年來，它所關涉的問題與現代性意義，已在海外及大陸學界引起高度重視，不但吸引了許多學者投入研究，學院中更多有相關課程的開授。相形之下，台灣學界及學院教育中，對於「晚清文學」的關注，顯然是有所不足的。

有鑑於此，二〇〇二年秋季，台大中文系經由國科會，延聘了北京大學中文系陳平原教授，來台大擔任客座教授半年，所開授的兩門課程之一，正是「晚清文學與文化」。

陳教授是現今中國大陸研治近現代文學及學術史最傑出的學者之一，研究專長包括二十世紀中國文學、現代中國學術史、中國小說史、中國散文史、圖像與文字等多方面，聲斐國際，對相關領域的研究貢獻卓著。他為人謙和平易，講學親切生動，在台大授課期間，不僅吸引了其他北部各大學許多學生前來聽講，更有中南部的學生相託製作課程錄音，廣為流傳。正是因為課程主題及授課老師都如此受到歡迎，遂使我們考慮：在台大之外，是否還能擴大影響層面，以期讓更多有興趣的青年學子及一般大眾都能分享課程的精華呢？

恰巧，當時我正受託於教育部顧問室，主持一項「近現代文學與文化」的人文社會教育改進計畫，這項計畫的重點之一，即是藉由網頁建置，匯集相關課程以進行資訊交流及推廣。「晚清文學與文化」，原就是計畫所擬匯集的課程之一。因此，開學之初，我便囑託了中文系江欣潔、吳昌政、顧明和與李慰祖四位聽課學生，請他們隨堂錄音，並製作演講紀錄。原先的想法很單純，只打算將演講紀錄放在台大的教學網頁之上，藉由網路流傳而已。然而，就在課程結束，講稿仍在整理修訂之際，王德威教授主動提出另一建議：將講稿結集成書，交由麥田出版社出版，一則便於保存，再則，也為兩岸學術交流，做一紀念。

能夠將講稿結集成書，擴大流傳與影響層面，當然令人興奮。但總共十七講的課程內容，卻不是一般出版品的篇幅所能完全容納的，而課堂口語與書面閱讀語言也頗有出入，不宜照章全錄，率爾成篇。因此，我們進一步考慮兩方面的問題：一是如何在內容上選擇最具代表性的講次，以少總多；二是如何讓講稿的文字兼顧口語與書面之長，使它既保有講演時自然流暢的口語趣味，也不失書面閱讀的精鍊簡潔。

關於前者，經與陳教授多次討論，最後選定〈報刊研究的視野及策略〉、〈稿費制度與近世文學〉、〈旅行者的敘事功能〉、〈晚清翻譯小說〉，以及〈從新教育到新文學〉五講為主要內容。原因是，「報刊文化」與「稿費制度」原為促興晚清文學發展的重要因素，「翻譯小說」是為當時重要的文學現象，而從小說中「旅行者」敘事功能的轉折變化，更可看出晚清文學在面臨轉型時的種種特色。至於「新教育與新文學」，則由當時的大學教育著眼，從根本上剖析清末到民初之間文風變革與文學教育之間的關係，它們大致能涵括晚清文學最重要的幾項議題，並且內容上也與陳教授已在台出版的其他著作有所區隔。匯集成書，正可為晚清文學勾勒出相對完整的面貌。後者，則在同學的紀錄初稿完成後，不但另由台大中研所顏健富、何雅雯、楊佳嫻、尤靜嫺幾位研究生幫忙潤稿，之後也經我本人及陳教授多次修訂，以求完善。因此，這些講稿的完成，可說是陳教授與台大中文系所師生多人共同合作的成果。

此外，還特別值得一提的，是「外一講」——〈文學的北京〉、附錄〈「大學生訪問大學者」——陳平原教授訪談錄〉，以及學生回應〈如響斯應〉的收錄原委。二〇〇三年秋，我為執行該年度教育部顧問室「通識教育改進計畫」，在台大開授全校通識課程「現代文學與文化」，該項課程設計中的一部分，便是邀請數位外校學者為學生做專題演講，而指定期中作業的題目，便是「大學生訪問大學者」——由學生分組對每位受邀者進行訪談，並且撰寫紀錄稿。在這期間，適逢陳教授來台參加國際研討會，邀請他再次來台大開講，自是順理成章。〈文學的北京〉內容雖無關於晚清文學，但陳教授講來深入淺出，深受聽講學生喜愛。再者，此一主題是陳教授當時最新的閱讀心得，此前未曾有專文發表，因此，負責的小組成員不但整理了講稿紀錄，更為能藉此訪談心儀的學者而興奮莫名。為了準備提問，學生們莫不事先用心熟讀陳教授的各類著作，並在課程助教協助下多次聚會，共同研擬訪談問題。雖然限於大學生的視野及閱歷，提問內容或許未盡專業，但卻真誠地反映了台大學生對於彼岸傑出學者治學經歷及相關問題的好奇與關懷。而無論是「晚清文學」，抑是「文學的北京」，學生課後都有不少心得感想，發而為文，亦頗有意趣。限於篇幅，本書只節選了若干學生的文章片段，輯錄成〈如響斯應〉一文。其中，或就當時課堂情景抒發所感，或表述因課程而獲致的個人啓悟，或回憶紀錄講稿及準備訪談之甘苦，一併收錄其中，也可為北大與台大的師生互動，留下另一紀錄形式。

台大與北大原本頗有淵源——且不說，學行風範影響台大人至鉅的已故前校長傅斯年先生，早年就是北大學生；台大中文系創系時的前輩師長，如毛子水、董作賓、洪炎秋、戴君仁、臺靜農諸位先生，更都是北大畢業生。這兩年，每當我講授「現代文學與文化」課程的「五四人物與現代中國」專題時，最讓學生感佩無已的，就是傅斯年先生：傅先生就讀北大期間，曾與羅家倫等人組織「新潮社」，發行青年刊物《新潮》，對新文化運動的推行，貢獻良多。一九一九年五月四日，他擔任總指揮，領導北京三千青年學子愛國遊行，震驚中外，為大學生的文化/政治參與，立下楷模。一九四九年接掌台灣大學，力倡學術自由，建樹了台大自由獨立的校風特色。最後，甚至連他的逝世，都是為了要維護大學的自主與自尊——一九五〇年，為了堅持招生公平，杜絕情面，他在省議會答詢時慷慨陳詞，以致引發腦溢血，壯年猝逝。

追本溯源，這一知識分子的風範與風骨，正是形塑自早年的北大教育。事實上，自傅校長接掌台大之後，台大人每每以承繼北大學風、宏揚北大精神自命。多年以來，他所提出的「敦品勵學，愛國愛人」、「我們貢獻這個大學于宇宙的精神」之說，更是感召了無數台大學子。時移勢易，半個多世紀之後的今天，台大固然早有自具一格的學風特色，然而早年與北大的因緣，仍是不宜忽略的歷史記憶。陳平原教授是兩岸開放學術交流十多年後，第一位來到台大客座講學的北大教授，集講演精華而成書，附益以師生互動篇什，既可對台灣「晚清文學」的教學有所裨益，同時也為北大與台大的往來交流，在二十一世紀中另啓新頁，自當別具意義。

是為編後記。

二〇〇四年十月　於台大中文系第十一研究室

國家圖書館出版品預行編目資料

晚清文學教室：從北大到臺大 / 陳平原主講.
－－初版.－－臺北市：麥田出版：家庭傳媒
城邦分公司發行, 2005 [民94]
面；　公分.－－（麥田人文；96）

ISBN 986-7252-16-0（平裝）

1. 中國文學 － 歷史 － 晚清（1840-1911）
2. 中國文學 － 論文，講詞等

820.907　　　　94004894